唐诗三百首

［清］孙　洙　编
李　琨　编译

中国出版集团　现代出版社

图书在版编目（CIP）数据

《唐诗三百首》嵌式阅读 /（清）孙洙编；李琨编译. -- 北京：现代出版社, 2018.3

ISBN 978-7-5143-5529-1

Ⅰ. ①唐… Ⅱ. ①孙… ②李… Ⅲ. ①唐诗—诗集 Ⅳ. ①I222.742

中国版本图书馆CIP数据核字（2016）第315440号

《唐诗三百首》嵌式阅读

编　　者	（清）孙洙
编　　译	李　琨
责任编辑	张　霆　哈　曼
出版发行	现代出版社
通信地址	北京市安定门外安华里504号
邮政编码	100011
电　　话	010-64267325　64245264（兼传真）
网　　址	www.1980xd.com
电子邮箱	xiandai@vip.sina.com
印　　刷	北京市通州兴龙印刷厂
字　　数	349千字
开　　本	700mm×1000mm　1/16
印　　张	22.75
版　　次	2018年3月第1版　2018年3月第1次印刷
书　　号	ISBN 978-7-5143-5529-1
定　　价	54.00元

把伟大“嵌入”孩子的心灵

人类最伟大的思想、最伟大的智慧在哪里？无疑，在那些最伟大的著作之中。

那些最伟大的著作在哪里？在图书馆里，在我们家的书架上。

但是，如果没有阅读，这些著作就是一堆废纸。书籍的生命是通过阅读唤醒的。伟大的思想，伟大的智慧，也是通过阅读，才能“嵌入”我们的心灵。

成人的阅读兴趣、阅读习惯、阅读品位、阅读能力，与我们从小开始的阅读生活有着非常密切的关系。我曾经说过，儿童的秘密还远远没有发现，童书的价值还远远没有被认识。儿童时期的阅读，对人的精神成长，乃至对于整个人生的影响，无论怎样评价都不为过。

美国著名生理学家玛莉安·伍尔夫通过研究儿童阅读时的大脑变化发现，儿童阅读是左右大脑两个区域一起运行的，而过了这个时期，学习语言的能力开始退化，我们成年人在阅读时，往往是只有一个大脑半球在工作。

科学家认为，父母是否在小孩 5 岁以前经常给他讲故事，影响着孩子今后阅读技巧的形成。同时，人在 14 岁以前的阅读体验，对孩子的成长至关重要。人生以后的历程，只不过是前面 14 年所阅读的东西的展开。事实上，孩子长大以后，是用在 14 岁以前所阅读、所体验、所经历的东西，从书本、从生活中获得的基本价值观，建设属于他们的世界，开创属于他们的人生。

也正是在这个意义上，美国诗人惠特曼在谈及儿童早期阅读的重要性时曾经说，有一个孩子每天向前走去，他看见最初的东西，他就变成那东西，那东西就变成了他的一部分。另一位著名作家格林也说：“或许只有童年读的书，才会对人生产生深刻的影响……孩提时，所有的书都是预言书，告诉我们有关未来的种种，就好像占卜师在纸牌中看到漫长的旅程或者经由水见到死亡一样，这些书都会影响到未来。我想这正是书令人激昂兴奋的原因。从人生前14年所读的书中，我们获得激励与启示，如今从书中所获得的，怎么能与之相比呢？”

可惜的是，我们许多父母和老师并没有真正意识到阅读对于儿童和青少年成长的意义和价值。一项调查表明，59.2%的学生只用很少的一部分时间来阅读课外书籍，甚至有6.2%的学生阅读时间为零，只有12.3%的学生花在阅读方面的时间比较多。我一直认为，根据孩子读教科书和课外书的情况，可以分为4种类型：第一种孩子既不爱读教科书也不爱读课外书，这样的孩子肯定是愚昧无知的；第二种孩子既爱读教科书又爱读课外书，这样的孩子必然发展潜力巨大；第三种孩子只读教科书不读课外书，这样的孩子可能成绩不错，但是却没有什么发展潜力；第四种孩子是不爱读教科书只爱读课外书，这种孩子也许成绩不理想，但未来还是有希望的。

在学校教育中，阅读与学业从不矛盾。苏联著名教育家苏霍姆林斯基在自己的实际工作中始终把握住两套教学大纲：第一套大纲是指学生必须熟记和保持在记忆里的材料；第二套大纲是指课外阅读和其他的资料来源，这两套大纲绝不是相互矛盾的，而是相互促进和补充的。现在很多父母和老师只盯着分数，其实是忽视了两个重要事实：一方面，成长绝对不仅看分数，阅读能够给孩子的成长打好精神的底色；另一方面，阅读只会让教育变得更加美好，取得更好的分数。如果我们的孩子在十多年的教育历程中，还没有养成阅读的兴趣和习惯，一旦他们离开校园就将书永远地丢弃在一边，教育一定是失败的。相反，一个孩子在学校的成绩普普通通，但是对阅读产生了浓厚的兴趣，养成了终身学习和阅读的习惯，一定比单纯考高分的孩子走得更远。学校教育实际上不仅仅像母乳一样给我们最初的滋养，最重要的是通过阅读让我们学会自由飞翔。

这正是现代出版社出版的这套新课标必读名著“嵌入”式阅读丛书的价值。

首先，邀请优秀译者进行经典重译，让经典名著以不同的风貌呈现。虽然目前不少国外经典名著已经有不少好的名家名译本问世，但其中不少版本翻译的时间比较久远，语言表达的方式与习惯与当下有一定的距离。这套书尝试着邀请一些优秀的译者进行经典重译工作，本身值得探索。同时，新课标书目中许多是公版书，在各个出版社竞相出版的过程中，出现了鱼目混珠、粗制滥造的乱象。所以，应该鼓励负责任的出版社，用心地出版一些高品质的经典著作新译本。

其次，导读编写有创意有特色。每本书分为五个大的板块：用“阅读引擎”介绍每本书的文学地位、历史影响、作者的生活背景、书中人物图解、故事图解、地标物语等；用“阅读辅导”引导读者对全书进行深入的解析与欣赏；用“原著阅读”在原书的精彩片段与教材文字边上做了嵌入式的批注；用“阅读体验”从语言品位、情感体验、角色体验、人生思考等方面感悟作品，以及读后感；用“阅读拓展”介绍相关图书、影像与文化链接等。作为图书的向导，这些设计显得细致入微、别出心裁。虽然学术界对是否需要把原著这样“嚼烂”了喂给孩子有不同的争论，但是，对于那些需要阅读“拐杖”的读者，无疑是有益的。

由于时间关系，我没有对每本书一一细读。就已经翻阅的部分书稿来说，还是让人欣慰的。感谢现代出版社和各位专家的辛勤劳作，为孩子们奉献了这样一套有品质的经典名著导读本。希望面世以后，能够在听取读者意见的基础上继续修订完善。更希望这套丛书，能够让那些伟大的思想、伟大的智慧，“嵌入”孩子们幼小的心灵之中，成为他们精彩人生的动力之源。

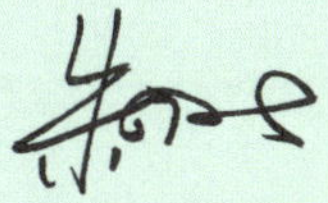

2016年11月16日

写于贵州黔西南

/ C O N T E N T S /

目录

阅读引擎 >

阅读辅导 >

原著阅读 >

/ C O N T E N T S /

目录

01

阅读引擎

YUEDU

YIN

QING

01 本书阅读指南

01

《唐诗三百首》精选最具影响力、最具生命力的唐代诗歌经典编纂而成，是流传最广的诗歌选集。

02

《唐诗三百首》内容丰富，分类详细，体例严谨，而且通俗易懂，是品读唐诗的最佳诗集选本。

03

所选诗歌内容丰富，体裁完备，语言风格多样，艺术手法多变，读之犹如置身艺术宝库中目不暇接，让人灵魂得以净化，精神得以升华。

04

《唐诗三百首》是我国普及面最大、流传最广的诗歌选集，而且语言凝练，分类清晰，是最理想的唐诗选集读本。

05

《唐诗三百首》按体裁分门别类，将古诗、律诗、绝句、乐府进行细致分化，方便读者阅读。

06

本书内容丰富而风格多样，版式新颖而活泼，展示了本书与其他同类图书迥然不同的风格。

07

诗文综合各版本信息，选用最权威的版本进行精选，全力排除知识性错误给读者带来的不便。

08

凝练而精致的解析，多角度解构诗歌的灵魂和精神实质，借鉴名家点评，共同体会诗人内心世界的悲喜辛酸。

新课标必读名著嵌式阅读丛书

02 本书文学地位与历史影响

熟读唐诗三百首，不会作诗也会吟。

——民间谚语

《唐诗三百首》是中国流传最广的诗歌选集。

——世界纪录协会

风行海内，几至家置一编。

——（见乾隆十一年仲夏月中浣四藤吟社主人《唐诗三百首序》）

这本书让外国人见识到了中国最精粹艺术的魅力所在。

——苏联作家玛克西姆·高尔基

大多数美国人也是通过这本书知道了李白的诗。

——美国著名作家、诺贝尔文学奖获得者海明威

03

本书历史背景图解

- 617 李渊起兵太原，进军关中，攻占长安
- 618 李渊废杨侑，称帝建唐，为唐高祖，改元武德
- 626 玄武门之变，李渊传位李世民，李世民即位
- 630 西北各族酋长尊唐太宗为“天可汗”
- 635 李靖大败吐谷浑
- 640 置安西都护府
- 641 文成公主入吐蕃，与松赞干布和亲
- 646 《大唐西域记》撰成
- 648 平龟兹，唐始置安西四镇
- 652 孙思邈撰成《千金方》
- 655 废王皇后，立武则天为皇后
- 659 颁行世界上第一部官修药典《新修本草》
- 690 武则天废睿宗，称帝，改国号为周
- 702 置北庭都护府
- 705 张柬之等发动政变，唐中宗复位，复国号唐
- 709 金城公主入藏，与吐蕃赞普和亲
- 710 刘知几撰成《史通》
- 714 广州设市舶使
- 724 僧一行制成铜黄道游仪，实测子午线

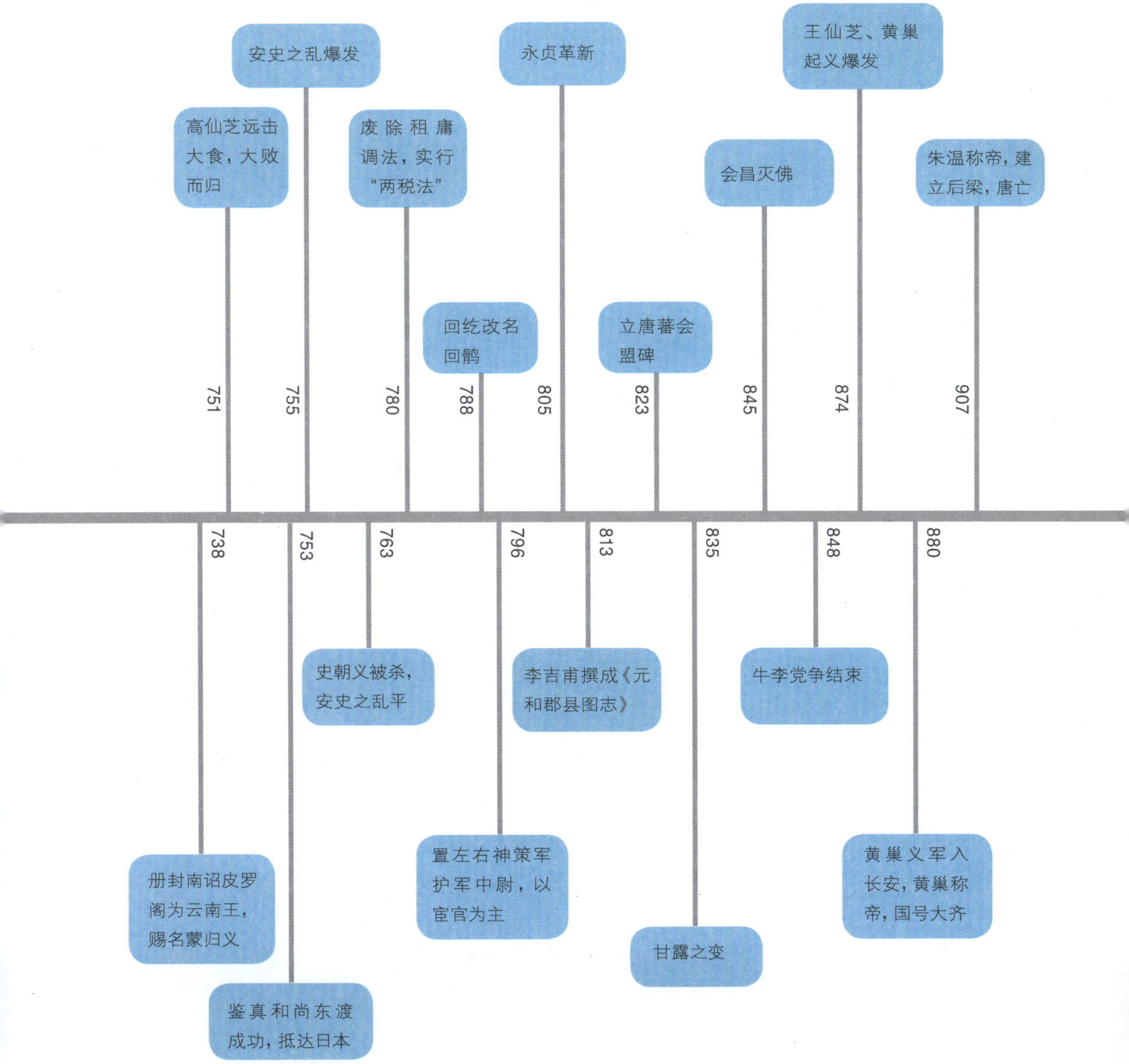
738
册封南诏皮罗阁为云南王，赐名蒙归义
751
高仙芝远击大食，大败而归
753
鉴真和尚东渡成功，抵达日本
755
安史之乱爆发
763
史朝义被杀，安史之乱平
780
废除租庸调法，实行“两税法”
788
回纥改名回鹘
796
置左右神策军护军中尉，以宦官为主
805
永贞革新
813
李吉甫撰成《元和郡县图志》
823
立唐蕃会盟碑
835
甘露之变
845
会昌灭佛
848
牛李党争结束
874
王仙芝、黄巢起义爆发
880
黄巢义军入长安，黄巢称帝，国号大齐
907
朱温称帝，建立后梁，唐亡

04 本书人物图解

李白（701—762），字太白，号“青莲居士”，有“诗仙”之称。主要作品有《蜀道难》《将进酒》等。

杜甫（712—770），字子美，晚年官居校检工部员外郎，世称“杜工部”。有“诗圣”之称，与李白并称“李杜”。代表诗作有“三吏”“三别”、《自京赴奉先县咏怀五百字》等。

贺知章（659—744），字季真，号“四明狂客”。盛唐诗人，代表诗有《回乡偶书》《咏柳》等。

孟浩然（689—740），字浩然，以字留名。盛唐山水田园诗派诗人，隐居襄阳，诗作有《过故人庄》《晚泊浔阳望庐山》等。

高适（700—765），盛唐时期边塞诗派诗人，代表作有《燕歌行》《别董大》等。

王昌龄（690—756），字少伯，曾任江宁丞，故称“王江宁”，又被贬为龙标尉，也称为“王龙标”。盛唐边塞诗人，擅长写七绝体诗歌，被誉为“七绝圣手”，代表作有《出塞》《从军行》等。

05 本书作者生平图解

孙洙（1711—1778），字临西，一字苓西，别号蘅塘退士，江苏无锡人。清乾隆十六年（1751）进士，为政期间深入民间访问疾苦，爱民敬民，廉洁自律，深受百姓爱戴。于乾隆二十九年（1764）编选成《唐诗三百首》，刊行后广为流传。著有《蘅塘漫稿》

- 1711：出生于江苏无锡。幼年时期家贫，隆冬握木读书，谓“木生火”可御寒
- 1722：孙洙十一岁，时年康熙帝驾崩，雍正帝即位。少年时期入京师国子监学习
- 1735：雍正帝崩，乾隆帝即位。孙洙时年23岁
- 1744：考中顺天举人，授景山官学教习
- 1746：出任上元县教谕
- 1751：科举中进士
- 1752：被任命为直隶卢龙知县
- 约1754：在任期间深入民间，探访百姓疾苦，深受百姓爱戴

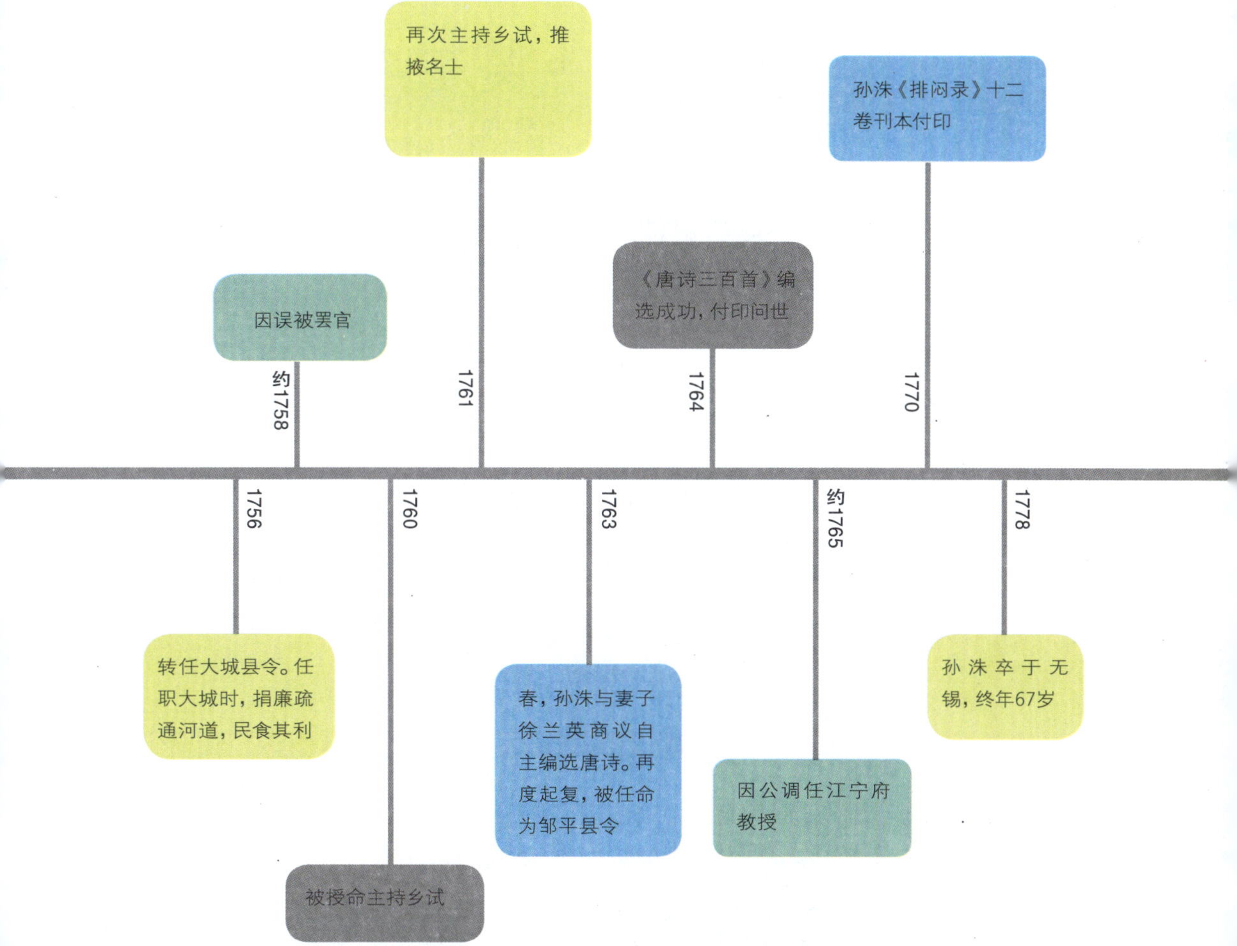
1756
转任大城县令。任职大城时，捐廉疏通河道，民食其利
约1758
因误被罢官
1760
被授命主持乡试
1761
再次主持乡试，推掖名士
1763
春，孙洙与妻子徐兰英商议自主编选唐诗。再度起复，被任命为邹平县令
1764
《唐诗三百首》编选成功，付印问世
约1765
因公调任江宁府教授
1770
孙洙《排闷录》十二卷刊本付印
1778
孙洙卒于无锡，终年67岁

06 本书地标物语

黄鹤楼 01

黄鹤楼位于湖北武昌长江南岸，始建于三国时期，千百年来黄鹤楼屡毁屡建，而唐代诗人崔颢的题诗使黄鹤楼声名大噪，赢得了“天下江山第一楼”的美誉。黄鹤楼遂成千古名楼。

岳阳楼 02

岳阳楼位于湖南省岳阳市西门城头，俯瞰八百里洞庭湖，素有“洞庭天下水，岳阳天下楼”的美誉，与江西南昌的滕王阁、湖北武汉的黄鹤楼并称为“江南三大名楼”。岳阳楼因为北宋名臣范仲淹的《岳阳楼记》而著称于世。也是江南三大名楼中唯一保持原貌的古建筑，具备无可比拟的建筑艺术价值。

泰山 03

泰山位于山东泰安，是中国五岳之首，海拔1532.7米，古名岱山，又称岱宗，著名风景名胜有天烛峰、日观峰、百丈崖、仙人桥、五大夫松、望人松、龙潭飞瀑、云桥飞瀑、三潭飞瀑等。

秦淮河 04

秦淮河是南京第一大河，分为内河和外河两段，内河流经南京城，也就是所谓的十里秦淮最繁华之地，古称淮水。秦淮河的风景和丰富的人文价值是古城南京浓厚文化底蕴的重要组成部分，秦淮河也被称为“中国第一历史文化名河”。

庐山 05

庐山位于江西北部。以雄、奇、险、秀闻名于世，古称匡庐，素有“匡庐奇秀甲天下”之美誉，庐山风景雄奇险秀，刚柔并济，江、湖、山三者浑然一体，也是避暑胜地。

滕王阁 06

滕王阁位于江西省南昌市西北部沿江路赣江东岸，滕王阁是三大名楼中最早出名的，因为初唐才子王勃作的《滕王阁序》使其天下扬名，所以又被誉为“江南三大名楼”之首。滕王阁的名称来源于唐高祖李渊之子李元婴。李元婴任洪州都督时在此兴建滕王阁，因李元婴被封为滕王，所以命名此楼为“滕王阁”。

如何让生活更有诗意?

阅读辅导

YUEDU

FU

DAO

中国是诗的国度，唐朝是中国古典诗歌创作的巅峰，诗歌是唐代文学的一颗璀璨明珠，构成了中国传统文学的重要组成部分，唐诗是中国文学发展史上一盏不灭的长明灯，始终照耀着中国文化发展的方向和前进的道路。唐诗对中国文学的影响如此深远，所以历朝历代的文人仰视唐诗，尊奉唐人，大量的诗歌选集和诗歌评述著作雨后春笋般刊印流传。这在一定程度上也保留了大量唐人诗歌作品，为唐诗的流传和后世诗歌的发展提供了一定的基础条件。

《唐诗三百首》的作者孙洙（1711—1778），字临西，一字芩西，别号蘅塘退士，清朝江苏无锡人。祖籍安徽休宁县。清乾隆十六年（1751）进士，任直隶、山东知县。乾隆二十八年（1763）春，孙洙与继室徐兰英商议编选唐诗。从浩瀚的几万首唐诗中选出三百余首，乾隆二十九年（1764）以“蘅塘退士”署名的《唐诗三百首》大功告成。

《千家诗》普遍被认为是最好的儿童启蒙唐诗选编读本，《唐诗三百首》借鉴了《千家诗》易于背诵、朗朗上口的特点，严格精选作品，将唐诗中最为杰出的代表作品和各个派别最为突出的作品选入其中，所以深受广大读者喜爱。《唐诗三百首》篇幅适中，风格多样而丰富，具有老少皆宜、雅俗共赏的优点，成为两百年来刊刻最多、传播最广的诗集，是旧选本中影响较大的一部诗歌集。

编纂背景

在《唐诗三百首》问世之前，已经有多种唐诗选集，这些唐诗选集既保留了大量的唐诗资料，又为后来问世的《唐诗三百首》提供了可供借鉴的资料，对唐诗的传播贡献巨大。

南宋词人刘克庄编辑的《千家诗》是唐代之后第一本流传较广的唐诗选集，它的特点就是所选诗为唐宋两代的名家作品，文采晓畅，是著名的儿童启蒙读物。

清康熙四十五年（1707），由彭定求、沈三曾等编校而成的《全唐诗》，规模宏大，在前人作品的基础上收诗 49800 万多首，作者 2200 余人，是当时内容最丰富的唐诗总集。但是这种大部头的读物不适合大众阅读，更不适合儿童阅读，所以在民间没有广泛流行。

还有一本《唐诗别裁集》是在清康熙五十六年（1718）由江苏苏州人沈德潜编辑而成，这部书也将沈德潜的文学思想涵盖其中，在文士间影响较大。但是在民间影响不大，所以流传不广。

蘅塘退士根据前人所编唐诗选集的特点，就简去繁，选取了大量通俗、流畅的唐诗名篇，最终集录而成这本《唐诗三百首》。

《唐诗三百首》篇幅适中，通俗易懂，入选诗歌精美且经典，成为儿童最成功的启蒙教材，流传甚广。从《千家诗》到《全唐诗》，在众多的诗集选本中只有《唐诗三百首》流传最广、影响最大，海内风行，老幼皆宜，雅俗共赏，流传至今。当然，不管是《千家诗》《全唐诗》还是《唐诗三百首》，都是非常优秀的唐诗选集经典，都凝结着前人的心血和努力，是先辈对古典文化的总结，也是对后人的启发和希冀。

编纂原则及特点

《唐诗三百首》是一本童蒙教育读本。蘅塘退士明确说明自己的编选标准是“专就唐诗中脍炙人口之作，择其尤要者”，并且“俾童而习之，白首亦莫能废”，即所选的唐诗是精品中的精品。所以它具有以下几个鲜明的特点：第一，所选的诗体式全面。五言的古诗、律诗、绝句以及七言的古诗、律诗、绝句、乐府，均选取了最具代表性的名篇佳作。第二，所选诗的作者既有李白、杜甫、王维、白居易、杜牧、柳宗元、刘禹锡、李商隐等大诗人，也有王侯、僧侣、歌女，甚至无名氏等。第三，所选的诗朗朗上口，易于成诵。如孟浩然的《春晓》、李白的《静夜思》、白居易的《赋得古原草送别》、柳宗元的《江雪》等。第四，所选的诗取材广泛，不拘一格，艺术风格也多种多样。既有描写自然风光的，如杜甫的《望岳》；也有展示田园风情的，如孟浩然的《过故人庄》。既有揭露战争给人民带来的深重灾难，如杜甫的《兵车行》；也有表达诗人对友人的依依惜别之情，如李白的《送孟浩然之广陵》。另有描写归家时的复杂心情，如贺知章的《回乡偶书》等。从市井风情到边塞风光，从生活琐事到国恨家仇无所不能。在艺术风格上，现实主义特色、浪漫主义特色、慷慨激昂、哀怨悲歌、飘逸豪迈、沉郁顿挫各类皆有，但都符合“温柔敦厚”的诗教原则。

原著阅读

YUANZHU

YUE

DU

五言古诗

感遇[1]其一

张九龄

原文

兰叶春葳蕤[2]，桂华[3]秋皎洁。
欣欣此生意[4]，自尔[5]为佳节。
谁知林栖者[6]，闻风坐相悦[7]。
草木有本心，何求美人折。[8]

字词解释

①原诗共有十二首，此为第一首，作于诗人被贬为荆州长史期间。②兰：即兰草，古人视兰草为香草，用来比喻高洁的操守。葳蕤（wēi ruí）：指草木枝叶茂盛的样子。③桂华：即桂花。④生意：即生机。⑤自尔：从此。⑥林栖者：栖居山林的人，指山林隐士。⑦坐：因。悦：喜欢，欣赏。⑧最后两句是说草木芬香本来是它们的天性，何求美人采折而扬名。

译文

兰花逢春茂盛芬芳开放，桂花逢秋皎洁清新。兰桂生机盎然勃勃而发，而此时也是观赏佳节。谁能知道山中隐士的心境，他们闻着花香也会心生喜悦。草木芬芳本来是它们的天性，何求美人采折而扬名。

精品赏析

张九龄因被李林甫排斥，被贬为荆州长史。于荆州期间张九龄作《感遇》诗十二首，此为组诗的第一首。兰花逢春而花繁叶茂，秋桂于秋洁净高雅，以春兰秋桂，自适各自的时节，自生自荣，不求外知的特性，来比喻象征隐居君子的高美好品德，也抒发了诗人孤芳自赏、不求人知的高尚节操。

春泛若耶溪[1]

綦毋潜

原文

幽意[2]无断绝，此去随所偶[3]
晚风吹行舟，花路入溪口。
际夜[4]转西壑，隔山望南斗。
潭烟[5]飞溶溶，林月低向后。
生事且弥漫[6]，愿为持竿叟[7]。

字词解释

①若耶溪：位于浙江绍兴的若耶山下，相传为西施浣纱处，唐朝时有很多隐士居于此地。②幽意：指隐居之意。③偶：相遇。④际夜：入夜。际：当。⑤潭烟：水潭上像烟一样的水汽。⑥生事：人生百事。弥漫：原指水势浩大，在这里引申为人生百事的不可捉摸。⑦持竿叟：钓鱼的老人，老渔翁。

译文

想要归隐的想法长期以来没有改变，溪水泛舟随遇而安，我心坦荡。阵阵晚风吹着小舟轻轻荡漾，一路春花撒满了溪口的两岸。到了傍晚船儿转出西山幽谷，隔山望见了南斗明亮的闪光。水潭中白雾茫茫，岸树明月往后与船行走逆向。尘世凡俗繁复而忙乱，愿做渔翁持竿垂钓不再回归人间！

精品赏析

这首诗作于诗人归隐之后。诗人在一个春江花月之夜，泛舟若耶溪上，明写泛舟的时间、路线和沿岸的景色，通过春江、月夜、花路、扁舟等的景物描写，创造出深邃幽美、寂静迷蒙的意境。而诗人“愿为持竿叟”的“幽意”，更为若耶溪的景色增添了一层孤寂清幽的色彩。

秋登兰山寄张五①

孟浩然

原文

北山白云里，隐者②自怡悦。
相望试登高，心随雁飞灭。
愁因薄暮起，兴是清秋发。
时见归村人，沙行③渡头歇。
天边树若荠④，江畔洲⑤如月。
何当载酒来，共醉重阳节⑥。

字词解释

①兰山：也称“万山”，因山上多兰草，故称兰山。在今湖北襄阳县北，也称北山。张五：即张子容。孟浩然的朋友，早年隐居于襄阳的白鹤岩。白鹤岩在孟浩然所居之南，所以诗中有“心随雁飞灭”之句。②隐者：孟浩然自称。③沙行：在沙地上行走。④荠：荠菜。这里形容远处树林的细小。⑤洲：水中小的陆地。⑥重阳节：农历九月初九为重阳节，民间有登高、赏菊、饮酒的习俗。

译文

北山的白云深处，我在那里享受着悠闲的生活。我登上高高的山岭遥望着你居住的山峦，我的心随着南飞的鸿雁而去。日落风景让我心中泛起淡淡的忧愁，清秋景色又使人诗兴勃发。夜幕降临，这时看见归村的行人，走过沙滩在渡头歇息。天边树木从远处看像荠菜一样矮小，江畔中的沙洲如弯弯的明月一样美丽。什么时候才能带着酒来，我们共同畅饮欢度重阳佳节。

精品赏析

这是一首怀人之作。诗人登高望远，思念故友。作者用白描的手法，朴素的语言，描绘了自己的登高所见、所感。山中优美的景色和农村静谧的气氛，烘托出诗人的孤寂之感，更加衬托出诗人对老友的思念之情，“何当载酒来，共醉重阳节”一句也就水到渠成，既明点出“秋”题，也显示出对朋友真挚热烈的情感。全诗即景生情，借景抒情，情景交融，浑然一体，是孟浩然诗歌的代表作之一。

夏日南亭怀辛大①

孟浩然

原文

山光②忽西落，池月③渐东上。

散发④乘夕凉，开轩卧闲敞⑤。

荷风送香气，竹露滴清响。

欲取鸣琴弹，恨无知音⑥赏。

感此怀故人，终宵劳⑦梦想。

字词解释

①辛大：孟浩然朋友，排行一为大，不是具体名字。②山光：傍山的日光。③池月：池塘上的月亮。④散发：古人将头发盘于头顶，用发簪固定，再戴上帽子。去掉发簪和帽子，让头发散落，是表示不拘礼节的潇洒态度，也表示浪迹江湖的人生态度。⑤轩：窗。卧闲敞：卧于空旷幽静的地方。⑥恨：遗憾，与今义有别。知音：相传春秋时钟子期能够听出俞伯牙琴声中的高山、流水之意，所以俞伯牙称钟子期为“知音”，此后用“知音”比喻知心朋友。⑦劳：忧思。

译文

山光西落，夜色降临，池塘上的月亮慢慢升起。暮色气爽，散着头发在外乘凉，打开窗户躺卧在幽静宽敞的地方。清风送来荷花的香气，露水自竹叶上滴落，发出清脆的声响。想拿琴来弹奏，遗憾的是没有知音一同欣赏。感慨良宵，怀念起老朋友来，以至于整夜都在梦中想念着那些老朋友。

精品赏析

孟浩然的一生基本过着隐居的生活，所以非常善于描写大自然清幽的景象。诗人散发乘凉，开窗而卧，心情闲适。此时，微风送来荷花的香气，静谧中听到了竹叶上露水滴落的声响，这是一个多么清幽的境界。清幽绝俗而想到弹琴，由弹琴想到“知音”，而生出“恨无知音赏”的遗憾。此时诗人多么希望有朋友在身边，共度良宵。全诗由水边乘凉自然而然地过渡到怀人，描写细致入微，浑然一体，诗意盎然。

宿业师山房待丁大①不至

孟浩然

原文

夕阳度西岭，群壑倏已暝[②]。

松月生夜凉，风泉满清听。

樵人归欲尽，烟鸟[③]栖初定。

之子期宿来[④]，孤琴候萝径。

字词解释

①业师：法名叫业的僧人。师是对出家人的尊称。丁大：孟浩然的朋友丁凤，排行一为大。②倏：忽然。暝：昏暗。③烟鸟：如烟暮色中的归鸟。④之子：那个人。之是指示代词。期宿来：隔夜相约来此。

译文

夕阳翻越西岭渐渐下沉，群山顿时暗淡下来。月上松枝寒意满天，清风吹动，泉水声清脆盈耳。砍柴的樵夫都回家了，淡淡暮霭中归鸟也入巢休息。我独自抱着琴，守候在长满青藤的小径上，等着他早些到来。

精品赏析

此诗描写了诗人的盼友之情，以描绘山中的景物起篇，诗中描写了日落西山、山谷晦暗，明月东升。泉水潺潺。清越的流水声，更增添了夜的寂静。人、鸟都已经安歇了，诗人怀抱古琴，在藤萝掩映的小径上，期待友人的到来。全诗借景抒情，情景交融，既显示了作者的高洁品行，也表达了对友人的真挚情感。

与高适薛据登慈恩寺浮图[①]

岑 参

原文

塔势如涌出，孤高耸天宫。
登临出世界[②]，蹬道[③]盘虚空。
突兀[④]压神州，峥嵘如鬼工[⑤]。
四角碍白日，七层摩苍穹。
下窥指高鸟，俯听闻惊风。
连山若波涛，奔走似朝东。
青槐夹驰道[⑥]，宫观[⑦]何玲珑。
秋色从西来，苍然满关中。
五陵[⑧]北原上，万古青濛濛。
净理[⑨]了可悟，胜因夙所宗[⑩]。
誓将挂冠[⑪]去，觉道[⑫]资无穷。

字词解释

①天宝十一年（752）秋，岑参、高适、杜甫、储光羲和薛据五人同登慈恩寺佛塔，五人各有诗作。因为五人都是当时著名的诗人，一时传为诗坛盛事。慈恩寺：位于长安南郊，唐太宗贞观二十二年（648）太子李治追祭母亲，在原隋朝时的无漏寺故址上建此寺，因名慈恩寺。浮图：也写成“浮屠”，指佛塔。慈恩寺佛塔在寺的西院，名大雁塔。高宗李治永徽三年（652）由僧人玄奘所建，塔高五层，武则天时加建为十层，后经战火，存七层，至今仍是西安的名胜古迹。②出世界：高出人世间。世界是佛教词语，世指时间，界指空间。③蹬道：塔内的阶梯。④突兀：突起高耸，指慈恩寺塔。⑤鬼工：鬼斧神工之意。⑥驰道：天子车马所行的道路，这里泛指长安城内的道路。⑦宫观：泛指长安皇宫内的建筑。⑧五陵：汉高祖长陵、汉惠帝安陵、汉景帝阳陵、汉武帝茂陵、汉昭帝平陵都在长安附近的渭河北岸，合称“五陵”。⑨净理：佛教清净之理，指世间一切事物皆为虚妄，心不要受这些事物的影响。⑩胜因：佛教语。佛家认为，一切事物的产生都是因缘和合的产物，因是本因、缘是机遇，胜因也就是好的、善的本因。只有好的、善的本因才能产生美好的结局。夙：平素。宗：崇尚。⑪挂冠：辞官。⑫觉道：佛家语“大觉之道”的缩略语，指彻悟世间万物皆空的道理。

译文

大雁塔巍峨而起好似从平地涌出，孤傲高峻，耸立在大地上直冲云霄。雁塔绝顶仿佛要冲出尘世，沿着台阶盘旋攀登好像要冲入太虚中。高耸宏伟像是要压倒神州大地，峥嵘崔嵬犹如鬼斧神工一般。四角遮挡住了太阳的光辉，塔高七层承接苍穹。置身塔顶鸟瞰指点翱翔飞鸟，俯身往下倾听阵阵怒吼狂风。远处山连着山好像波涛汹涌起伏，万千山峰奔走如百川归海来朝见帝京。

无数青槐夹着天子出行的道路，宫阙楼台从这里看是多么精巧玲珑。悲凉秋色好像从西而来，苍苍茫茫已经布满秦关之中。长安城北汉代的五陵北原，历经千秋万古依然青青蒙蒙。清净寂来的佛理我完全领悟，行善施道是我不变的信奉。我决心回去后辞官归隐，因为我突然发觉佛道力量无穷，将成为我一生的信仰。

精品赏析

天宝八年（749）冬，岑参赴安西（治所为龟兹，今新疆库车），在安西节度使高仙芝幕府任职，但因职位低微，天宝十年（751）三月，岑参自安西到武威（今甘肃武威），六月，由武威回到长安。回京后岑参仍任微职，颇不得意，此时他常居住于太一（终南山），过着半官半隐的生活。此诗作于唐玄宗天宝十一年（752）秋，正是在这种生活状态和心境下完成的。诗中前两句写仰视全塔的感受；第三、四句写登塔；第五句至第八句写塔的高耸巍峨；第九句至第十八句写在塔顶俯瞰下方时于东西南北所见的景物；最后四句写自己悟出“净理”，发誓要辞官归隐的愿望，是当时岑参失意心情的真实写照。全诗气势宏大，匠心独具，结构严谨，使读者有身临其境之感。

月下独酌①

李白

原文

花间一壶酒，独酌无相亲②。
举杯邀明月，对影成三人③。
月既不解④饮，影徒⑤随我身。
暂伴月将⑥影，行乐须及⑦春。
我歌月徘徊，我舞影零乱。
醒时同交欢，醉后各分散。
永结无情⑧游，相期邈云汉⑨。

字词解释

①李白《月下独酌》为组诗共四首，此诗为第一首。酌：斟酒、饮酒。②无相亲：没有和自己亲近的人。③三人：指月、我（指李白）和我的影子。④既：本来。不解：不懂。⑤徒：徒然、空。⑥将：和、与。音平声。⑦及：趁着。⑧无情：忘情。语出《庄子·德充符》，是道家泯去一切是非得失，

超然于一切物态之上的精神状态。⑨期：约会。邈：遥远。云汉：指银河。水势盛大称为汉，银河在天而广阔，所以称云汉。这里泛指天上仙境。

译文

花间独坐，一壶美酒我自斟自饮，无人陪伴。举起酒杯邀请明月共饮，明月照出我的影子，就凑成了三个人。可是明月不懂得饮酒，影子也只是跟随我的身体不能共饮。暂时伴随着明月和影子，趁着美好的春天及时行乐吧。我歌唱时明月徘徊于我的身旁，我跳舞时影子与我共舞。清醒时我们尽情欢笑，酒醉之后就各自离开。与明月和影子，在浩渺的银河仙境，我们永远结成忘却世情的交游。

精品赏析

李白的好友杜甫在《饮中八仙歌》中称："李白一斗诗百篇，长安市上酒家眠。天子呼来不上船，自言臣是酒中仙。"酒在李白的生活中极为重要，他高兴时以酒助兴，愁苦时以酒解忧，酒更是李白诗歌创作的催化剂。全诗以花好月圆之夜为背景，以"独酌"为线索，层层展开我与"月"及"影"的关系，明明骨子里是愁，却偏写成乐；明明孤独无偶，却偏要说得热闹非凡，强烈地抒发自己的孤独之感。

望　岳①

杜　甫

原文

岱宗夫②如何？齐鲁青未了③。
造化钟神秀④，阴阳割昏晓⑤。
荡胸⑥生层云，决眦入⑦归鸟。
会当凌绝顶⑧，一览众山小⑨。

字词解释

①开元二十三年（735），杜甫去洛阳参加科举考试不第，于是漫游齐、赵，此诗是杜甫经由泰山时，远望泰山而作。岳：指高峻的大山。泰山为东岳，为“五岳”之一。②岱宗：泰山的别称。岱：始。宗：长、首。东岳为五岳之首。夫：语气词。③齐鲁：泰山之北为古代齐国之地；泰山之南为古代鲁国之地。了：尽。④造化：创造化育，指大自然。钟：汇聚。神秀：秀美而有灵气。⑤阴阳：山北为阴，山南为阳。割：划分。昏晓：指泰山南北明暗不同如黄昏和早晨。⑥荡胸：心胸激荡。⑦决眦：眼眶裂开，极言睁大眼睛望远。入：没。⑧会当：终究要。凌：登临。绝顶：最高峰。⑨此句为典故。《孟子·尽心》上言孔

子“登泰山而小天下”。

译文

泰山到底是什么样子？横跨齐鲁两境，青翠的山色没有边际。大自然将天地的灵秀之气凝聚于此。高耸入云的山峰，又使得山南山北的差别就像被分割为黄昏与白昼一样。山中云霞升腾，心灵顿时开阔舒坦，极目远望，归巢的鸟儿隐入了山林。终究有一天，我要登上泰山的顶峰，到那时，众山就会尽收眼底，显得极为渺小。

精品赏析

杜甫《望岳》诗共有三首，分别写东岳泰山、南岳衡山、西岳华山。这首是写望东岳泰山，是现存杜甫诗中年代最早的一首诗。全诗写望岳，无一望字而句句写望，距离由远及近，时间由早到晚，并由望岳而想到登岳。前四句写望中所见，第五、第六句写望中所感，最后两句写望中所想，字里行间洋溢着青年杜甫的凌云壮志和蓬勃朝气。

梦李白·其一[1]

杜 甫

原文

死别已吞声[2]，生别常恻恻[3]。
江南瘴疠[4]地，逐客[5]无消息。
故人入我梦，明[6]我长相忆。
恐非平生魂[7]，路远不可测。
魂来枫林[8]青，魂返关塞[9]黑。
君今在罗网[10]，何以有羽翼。
落月满屋梁，犹疑照颜色[11]。
水深波浪阔，无使蛟龙[12]得。

字词解释

①唐肃宗乾元元年（758），永王李璘（唐玄宗第十六子）幕府与肃宗争权，兵败后以叛逆论处，李白因参加李璘幕府以从逆罪入浔阳狱，乾元元年被流放夜郎（治所在今贵州正安西北），第二年行至白帝城遇赦

而归。乾元二年（759），杜甫当时流寓甘肃秦州（今甘肃天水），不知道李白遇赦的消息，日夜思念，连夜梦见李白，写下《梦李白》二首，此诗为第一首。②已：至于。吞声：饮泣，泣不成声之意。③常恻恻：内心悲戚，长期无法摆脱。④瘴疠：因瘴气而得的疾病。南方炎热潮湿，动植物腐烂其中，气雾蒸腾可使人生病，叫作瘴气。⑤逐客：被放逐的人，这里指李白。⑥明：知晓、了解。⑦平生魂：指人的三魂七魄。古人认为，梦中遇到的人，是魂魄来相见。所以梦魂连用。恐非平生魂：是杜甫怀疑李白已死，是李白的鬼魂来与自己相见。⑧枫林：指李白所在的南方地区。⑨关塞：指杜甫所在的秦陇地区。⑩在罗网：指李白获罪，如鸟在罗网之中。罗网：原指捕鸟工具，这里指法网。⑪颜色：指李白的容貌。⑫蛟龙：江南多水，水中有蛟龙。这里是叮嘱李白魂归途中要小心，不要再遭人陷害，也暗示社会险恶。

译文

死别虽然让人悲痛，但痛苦终究会消失，生离的悲痛却让人挂念难忘。你的流放地是疾病肆虐的岭南之地，可是到如今也没有你的一点消息。为什么你会在梦中与我相见，或许你也知道我在苦苦思念你。难道这会是你的魂魄所化，道路遥远，世事总是难以猜测。你的魂魄来的时候要飞越南方浓郁的枫林，去的时候要过险要的关塞。你现在获罪不得自由，怎么还能够自由地飞翔？月光西斜洒满了我的屋梁，朦胧中竟然看到你憔悴的容颜。水深波涌，浪大江宽，归去的魂魄啊，千万别碰上蛟龙，被那恶兽吞没。

精品赏析

这是一首纪梦诗。李白获罪流放夜郎，杜甫终日忧思久而成梦，写成了《梦李白》二首，这是第一首，写初次梦见李白的心理感受。全诗最精彩的部分是第八句至第十二句，杜甫对梦中的李白是如何到来的颇为疑虑，于是对梦中李白是生人还是亡魂进行了一番精细复杂的推勘，表现出对故友吉凶生死的关切。正因为这样，诗人在最后两句殷殷叮嘱李白“水深波浪阔，无使蛟龙得”，不仅突出了李白的悲剧命运，也更深切地表达了杜甫对李白的真挚情谊。

梦李白·其二

杜　甫

原文

浮云终日行，游子久不至[①]。
三夜频梦君，情亲见君意。
告归常侷促[②]，苦道[③]来不易。
江湖多风波，舟楫[④]恐失坠。
出门搔白首，若负[⑤]平生志。
冠盖满京华，斯人[⑥]独憔悴。
孰云网恢恢，将老身反累[⑦]。
千秋万岁名，寂寞身后事。

字词解释

①游子：指李白。杜甫与李白自天宝四年（754）秋于兖州石门分别后，已经十四年没有相见，故称“久不至”。②告归：告辞。指李白魂魄告辞归去。侷促：现写为“局促”，不安的样子。③苦道：反复诉说。④舟：船。

楫：船桨。⑤若负：好像辜负了。⑥斯人：指李白。⑦累：受连累。

译文

悠悠白云终日飘荡，远方游子很久没有到来。连续多日我夜里梦见你，情亲意切，可见我们友谊是多么深厚。可惜每次梦里相见匆匆，毕竟相会可真不容易。江湖险恶，风吹浪打，一定要凡事小心。大家看到你总是搔着白首，知道你懊恼着辜负了平生壮志。京都的显贵冠盖相续，唯你不能展平生宏图而形容憔悴。谁说天网恢恢天道有序，你却在年高的时候反被牵连受罪。千秋万代定有你的声名，虽然那不过是寂寞身亡后的安慰。

精品赏析

《梦李白》其二与其一合成完整的上下两篇。第一首写诗人初次梦见李白的情景，此后数夜，又连续梦见李白，于是诗人又写了这首纪梦诗。诗中描绘了梦中所见的李白形象，对李白“冠盖满京华，斯人独憔悴。孰云网恢恢，将老身反累”的遭遇充满了不平之心。“千秋万岁名”是对李白人生给予的高度评价，“寂寞身后事”是对李白生平际遇的深切同情。

寄全椒山[1]中道士

韦应物

原文

今朝郡斋[2]冷，忽念山中客。
涧底束荆薪[3]，归来煮白石[4]。
欲持一瓢酒，远慰风雨夕。
落叶满空山，何处寻行迹。

字词解释

①全椒：今安徽全椒县，唐时属滁州。山：指全椒县西三十里的神山。②郡斋：指官衙中的房舍。③束：捆。荆薪：柴草。④煮白石：道家有“煮玉石英法”，可延年益寿。唐宋时煮茶也加白石，可使茶水更清澈甘美。

译文

今天斋舍寒冷，忽然想念起山中的友人。也许他在山谷间打柴，回来煮白石为粮精心修炼。我想带一壶佳酿，看望远山的友人。可是落叶满山，叫我到哪里去寻找好友的踪迹。

精品赏析

韦应物写诗擅长表现多重意味。这是一首在寂寞的风雨清秋怀念友人的诗歌。全诗由己及友，交替而下，既表现出诗人怀念友人的真挚情感，也渲染出友人与世隔绝、超凡脱俗的潇洒精神。

郡斋雨中与诸文士燕[①]集

韦应物

原文

兵卫森画戟[②]，燕寝[③]凝清香。
海上风雨至，逍遥池阁凉。
烦疴[④]近消散，嘉宾复满堂。
自惭居处崇[⑤]，未瞻斯民康[⑥]。
理会是非遣[⑦]，性达形迹忘[⑧]。
鲜肥属时禁[⑨]，蔬果幸见尝。
俯饮一杯酒，仰聆金玉章[⑩]。
神欢体自轻，意欲凌风翔。
吴中盛文史[⑪]，群彦[⑫]今汪洋。
方知大藩[⑬]地，岂曰财赋强。

字词解释

①郡斋：郡守即州刺史府邸中的房屋。燕：通“宴”，宴饮。②森画戟：

画戟森的倒装句。画戟：即戟，因饰有彩绘，称为画戟，常用作仪仗。唐刺史常由皇帝赐戟。③ 燕寝：宴会的处所。寝有正室、内殿等多种意思。④ 烦疴（kē）：因暑热而烦躁。疴：病。⑤ 居处崇：指地位高。唐朝上州刺史是从三品。苏州是上州。⑥ 斯民康：此地的百姓安居乐业。⑦ 理会：会理的倒文。指悟出至道妙理。是非遣：遣是非的倒文。指排遣掉是非的区分。⑧ 性达：个性旷达。形迹忘：忘掉自身形迹，即忘掉自我。⑨ 鲜肥：指荤腥食物。时禁：唐时规定正月、五月、九月禁止杀生，称为时禁。此诗中的宴会正值五月时禁。⑩ 聆：听。金玉章：指诸文人的篇章。⑪ 吴中：苏州的古称。此指苏州地区。盛文史：文史盛的倒语。⑫ 彦：才德杰出的人。⑬ 方知：才知道。大藩：指大州郡，苏州是上州，属于大州郡。

译文

守门的卫兵森然排列，屋里的各个地方飘散着焚香的芬芳。海上的风雨飘然而至，池塘亭阁顿时清凉。心中的烦闷燥热很快消散，嘉宾贵客已经在厅堂里站满了。身居高位我很惭愧，因为不知道百姓是否安居乐业。明白事物变化循环之理就能分清是非，天性旷达就可忘掉一切。时下禁食荤腥，幸有新鲜蔬果请大家品尝。边喝美酒边恭听诸君的优美文章。因为神情舒畅所以自己也感到轻盈，很想凌风飞上广阔的天空。苏州才子会聚，饱学之士如群星灿烂。我也终于知道了吴中大郡岂止是赋税丰厚、财力强大这么简单。

精品赏析

这是一首燕集诗。诗分四层，前六句总写郡斋燕集，点题并渲染了燕集气氛。再四句由宾及主，抒发身居高位而未能安民的内疚。“鲜肥”下四句具体描绘燕集场景。末四句诗人再次抒情，盛赞苏州大藩不仅财力富强，而且人才济济。全诗述宴与抒情交替而下，既有对宴会的描写，又注入了诗人的情感，也体现了身居高位，又是当时东南诗坛领袖的韦应物雍容典雅的气度和淡远闲雅的创作个性。

长安遇冯著①

韦应物

原文

客从东方来，衣上灞陵②雨。
问客何方来？采山因买斧。
冥冥③花正开，飏飏燕新乳④。
昨别今已春，鬓丝生几缕？

字词解释

①冯著：河间（今河北河间）人，排行十七，人称冯十七。②灞陵：即霸陵，汉文帝陵墓，在长安东南。③冥冥：指花重而静止的样子。④飏（yáng）飏：鸟轻快地飞翔。燕新乳：燕子刚刚出生。

译文

你从东方来到长安，衣裳还带着灞陵的春雨。请问你来此何故？你说为开山辟地买斧。沉甸甸的花儿开得正旺，新生的燕子在轻快地飞翔。去年分别后如今又到春天，也很难数清双鬓银丝又添生了几缕?

精品赏析

冯著是韦应物的朋友，韦应物写给冯著的诗共有四首，说明他们关系很密切。冯著是一位有德有才的名士，因仕途不顺而生归隐之意，韦应物于长安偶遇冯著著有此诗，字里行间充溢着韦应物对失意沉沦的冯著的深切关怀与同情。宋刘辰翁评此诗说："不知诗者，亦知是好。"

夕次盱眙县①

韦应物

原文

落帆逗淮镇②，停舫临孤驿③。
浩浩风起波，冥冥日沉夕。
人归山郭④暗，雁下芦洲白。
独夜忆秦关⑤，听钟未眠客。

字词解释

①次：止宿。盱眙（xū yí）县：即今江苏省盱眙县，唐时属淮南道楚州。②逗：停留。淮镇：即盱眙城，在淮河南岸。③舫：船。驿：驿站。④山郭：指远山和城郭。⑤秦关：今陕西关中地区为古代秦地，多关隘，此指长安。韦应物是长安人。

译文

落下船帆，把船停靠在盱眙城，一家旅舍孤独地立在旁边。长风浩浩吹起波浪翻涌，残阳西沉将大地拖入昏暗。行人归去山城静寂，大雁落在芦花洲休息。长夜寂寞思念家乡，静听钟声在深夜里回响。

精品赏析

此诗为韦应物唐德宗四年（783）外放滁州刺史，途经盱眙县时所作。韦应物是京兆长安人，唐朝人重视在京为官，韦应物出任滁州刺史，想来心情也一定不怎么好，虽然旅途奔波劳累，但夜深人静之时却难以入眠，思念着京城（家乡）。最妙的是后两句，语意双关，既表达了思乡之情，也抒发了离京外放的苦闷。

东　郊

韦应物

原文

吏舍跼终年①，出郊旷清曙②。
杨柳散和风，青山澹③吾虑。
依丛适自憩④，缘涧还复去。
微雨霭芳原，春鸠鸣何处。
乐幽心屡止，遵事迹犹遽⑤。
终罢斯结庐⑥，慕陶真可庶⑦。

字词解释

①跼：拘束。终年：一年到头。②旷清曙：在清朗的曙色中神清气爽。③澹：澄净。④丛：树林。憩：休息。⑤遽：匆忙。⑥终罢：终将辞官。斯结庐：在此地建房造屋。⑦慕陶：追慕陶渊明，指归隐田园。庶：庶几，差不多。

译文

终年拘束官府之中实在烦闷，清晨出去郊游顿觉神清气爽。嫩绿的杨柳陪伴春风荡漾，苍翠的山峰淡化了我的思虑。靠着树丛自由自在地憩息，沿着涧流任凭意愿地徘徊。芳香的原野下起了迷蒙的细雨，大地上处处都是春鸠鸣啼。原本就想在清幽的地方多待，却屡次不得如愿，只因公务缠身行迹十分匆促。等到哪天罢官归隐在此结庐，羡慕陶潜所得到的乐趣。

精品赏析

这首诗写的是春日郊游的情景。诗人对无尽的公务感到疲倦，春日郊游，景色明媚神形愉快。诗人将自己的真实感受写了出来，表达了厌恶官场生活和希望回到轻松闲适的大自然的真实想法。

七言古诗

登幽州台①歌

陈子昂

原文

前不见古人②，
后不见来者。
念天地之悠悠，
独怆然③而涕下！

字词解释

①幽州台：即蓟北楼，故址在今北京市德胜门外，相传燕昭王为招贤纳士筑成此台。②古人：指燕昭王那样的贤明君主。③怆然：悲痛、伤感的样子。

译文

看不到古代贤明君主的踪影，也不能等待后来的贤君。在这天地悠悠而广阔的世界里，我只能独自一人忧伤，想到这里让人不禁泪流满面！

精品赏析

这首诗写于武则天万岁通天元年（696），契丹李尽忠、孙万荣等攻陷营州。后来武则天委派武攸宜率军征讨，陈子昂投在武攸宜幕府担任参谋，随军出征。武攸宜为人轻率少谋，没有多少才能，很快兵败，情况紧急，陈子昂上书遣万人作前驱以退敌，未被采纳。随后，陈子昂又向武献策，这次则被降为军曹。诗人接连受到挫折，眼看一腔报国雄心成为泡影，于是悲愤的诗人登上幽州台，慷慨悲吟，写下了《登幽州台歌》，表达自己怀才不遇，报国无门的痛苦心情，寄寓自己生不逢时的感慨。千百年来引起无数怀才不遇志士仁人的共鸣，清黄周星说："此二十二字，真可以泣鬼神。"

夜归鹿门山歌①

孟浩然

原文

山寺钟鸣昼已昏，渔梁②渡头争渡喧。
人随沙岸向江村，余亦乘舟归鹿门。
鹿门月照开烟树，忽到庞公③栖隐处。
岩扉松径长寂寥，惟有幽人自来去。

字词解释

①孟浩然游长安求仕无成，开元十八年（730）秋返回家乡襄阳（今河南襄阳）在以前隐居的岘山隔沔小相望的鹿门山修建居所，以后一直往返于两地。②渔梁：沔水渡口。③庞公：庞德公，东汉隐士，居岘山，为诸葛亮等人所敬重，荆州刺史刘表请他出山，他携妻子登鹿山采药一去不返。

译文

山寺响起了钟声，天近黄昏，渔梁渡头一片争渡的喧哗声。行人沿着沙岸回到江村，我也乘着小船返回鹿门。鹿门月光明亮照见了轻烟缭绕的树木，我忽然来到了庞公隐居的地方。岩壁当门对着松林长径寂寥往返，这里只有我这个幽人在此自来自去。

精品赏析

这首诗歌咏了归隐情怀，表达了诗人自己的人生志趣。前两句先写夜归的一路见闻，山寺、暮钟、渡口，场景富有生活气息。第三、第四句讲述诗人自去鹿门，殊途异志，反映出诗人怡然自得的心境。第五、第六句点到庞德公栖隐处，引出隐逸的主题。末两句表达诗人对隐居鹿门山的先辈心生无限敬佩之情。感情真挚飘逸，语言朴实而优美动人。

金陵酒肆[1]留别

李　白

原文

风吹柳花满店香，吴姬[2]压酒劝客尝。
金陵子弟来相送，欲行不行各尽觞[3]。
请君试问东流水，别意与之谁短长。

字词解释

①金陵：今江苏南京，六朝古都。酒肆：酒店。②吴姬：吴女，此指酒店中侍女。③欲行：要走的。不行：不走的。均指店中顾客。尽觞：干杯。

译文

小风吹动柳絮满店飘香，酒店的侍女捧出好酒请客人品尝。金陵的年轻子弟们都来为我送行，大家兴致很高，频频举杯一饮而尽。我想请你们去问问这东流的江水，离情别意与它相比到底谁更悠长？

精品赏析

这首诗前四句说明了诗人是在一个热烈欢快的送行场面。全诗文字没有多少生僻字，都是明白如话。同样的“离愁别绪”，李诗中却连“愁”字提都没提，而是和一群青年朋友把酒痛饮，场面情绪没有那么多的忧伤，最后点出主旨，说明这是一场没有眼泪和愁绪的离别。诗歌没有哀伤，而是富有豪迈、潇洒的风度。

韦讽录事宅观曹将军画马图[1]

杜　甫

原文

国初已来画鞍马[2]，神妙独数江都王[3]。
将军得名三十载，人间又见真乘黄[4]。
曾貌先帝照夜白[5]，龙池十日飞霹雳[6]。
内府殷红马脑[7]盘，婕妤传诏才人[8]索。
盘赐将军拜舞[9]归，轻纨细绮相追飞。
贵戚权门得笔迹，始觉屏障生光辉。
昔日太宗拳毛騧[10]，近日郭家狮子花[11]。
今之新图有二马，复令识者久叹嗟。
此皆骑战一敌万，缟素[12]漠漠开风沙。
其余七匹亦殊绝，迥若寒空动烟雪。
霜蹄蹴踏长楸间，马官厮养森成列。
可怜[13]九马争神骏，顾视清高气深稳。
借问苦心爱者谁，后有韦讽前支遁[14]。

忆昔巡幸新丰宫⑮，翠华⑯拂天来向东。

腾骧磊落⑰三万匹，皆与此图筋骨同。

自从献宝朝河宗⑱，无复⑲射蛟江水中。

君不见，金粟堆⑳前松柏里，龙媒㉑去尽鸟呼风。

字词解释

①韦讽：阆州（今四川阆州）录事参军，家居成都。曹将军：曹霸，是曹操后裔，为高贵乡公曹髦一系，善画马。②国初：指唐初。已：通“以”。③江都王：李绪，唐太宗之侄，也擅长画马。④乘黄：骏马名。⑤貌：写真。先帝：指唐玄宗。照夜白：唐玄宗坐骑。⑥龙池：唐宫中的兴庆宫为唐玄宗未登基时的发祥地，故有祥瑞之说。飞霹雳：龙飞伴有雷声。⑦内府：皇家府库。马脑：即玛瑙。⑧婕妤、才人：皆为宫中女官名。⑨拜舞：臣子见皇帝时，朝见、告退、谢赐时的一种礼仪。⑩拳毛䯄（wō）：唐太宗一生曾有六匹名马陪伴，后皆刻于其陵墓昭陵，称昭陵六骏，拳毛是其一，拳：通“蜷”。䯄：白马黑嘴称䯄。⑪郭家：指大将郭子仪家，在平定“安史之乱”中功勋卓著，后封汾阳郡王，号尚父。狮子花：名马，唐代宗赐予郭子仪。⑫缟素：白色的画绢。⑬可怜：可爱。⑭支遁：东晋高僧，字道林，曾养马。⑮新丰宫：即骊山华清池。⑯翠华：皇帝出行时的仪仗。⑰腾骧：跳跃，奔驰。磊落：众多。⑱献宝朝河宗：《穆天子传》记载，穆天子西征，观宝器后升天。暗喻唐玄宗之死。⑲无复：再不能。射蛟江水中：《汉书·武帝本纪》记载。汉武帝浔阳江中射得蛟龙。此句说唐玄宗再也不能巡游了。⑳金粟堆：唐玄宗墓泰陵，位于今陕西蒲城县金粟山。㉑龙媒：《汉书·礼乐志》有“天马来，龙为媒”的说法，后称良马为龙媒。

译文

大唐从开国至今，有那么多的人画马，可是只有江都王画得最为神妙。曹霸将军绘画功力也很出名，闻名天下三十年，他画的马让人相信人间又见到了乘黄的神骏。他曾经为先帝玄宗画良马“照夜白”，历时十天终于画成，好像龙池中又腾起霹雳真龙。皇帝在皇宫内府收藏着珍贵的血红玛瑙盘，先帝让女官传诏取来，要奖赏给技艺超群的画家。皇上赐给将军贵重的礼物，将军谢恩，带着绸绢锦缎得意扬扬地回家。众人听说了这些就更加追捧他。贵族和大官们都希望得到他的画，得到将军的墨迹，顿时觉得满室增辉。听闻太宗当年有一匹“蜷毛骗”马，郭家有一匹好马叫“狮子花”，想不到画中居然会有二马。因此观赏者都开始不住地赞叹：这些都是万里挑一的好马，它们的神态惟妙惟肖，好像在素绢上已经卷起了无尽的沙尘而奔驰着。画幅上还有另外七匹马，也都是与众不同、奇异非凡，从远处看好像是轻烟和雪花在空中飘洒。雪白的马蹄在大道上飞驰，矫捷的身影在楸林间穿行，饲养它们的大小官员排列成行。这九匹马都非常可爱，神骏异常，相顾之间都是气度不凡。请问从古至今有谁真正用心爱马，前有东晋的支遁公，后有当今的韦录事。回想当年先帝巡游驾临新丰宫，仪仗队的翠华旗凌空飘舞，浩浩荡荡奔行向东。奔驰腾跃的三万匹骏马，形貌神态与这幅图相同。自从先皇仙逝，那样的盛事已再难看到，如今你看那金粟山前的松柏林里，天马早已不见踪影，只有鸟儿在风中啼鸣。

精品赏析

此诗是唐代宗广德二年（764）杜甫由东川回到成都后所作。全诗章法严谨一气呵成。先是总写曹霸将军画艺的高超和三十年间名动京城的盛况，然后浓墨重彩地描绘了所见的曹将军画马图，是诗歌的主体部分，又借东晋支道林衬托韦讽，称赞画主。最后由观图而抚今追昔，感慨议论，回忆开元盛世以伤今日之乱象，再点出全诗主旨，呼应开头。全诗浑然一体，气象万千。

寄韩谏议注①

杜　甫

原文

今我不乐思岳阳，身欲奋飞病在床。
美人娟娟隔秋水②，濯足洞庭望八荒③。
鸿飞冥冥④日月白，青枫叶赤天雨霜。
玉京群帝⑤集北斗，或骑麒麟翳凤凰。
芙蓉旌旗烟雾落，影动倒景摇潇湘。
星宫⑥之君醉琼浆，羽人⑦稀少不在旁。
似闻昨者赤松子⑧，恐是汉代韩张良。
昔随刘氏定长安，帷幄⑨未改神惨伤。
国家成败吾岂敢，色难腥腐餐枫香。
周南⑩留滞古所惜，南极老人⑪应寿昌。
美人胡为隔秋水，焉得置之贡玉堂⑫。

字词解释

①韩谏议注：韩注，生平不详。谏议：官名。唐时属门下省，正五品上，

掌管侍从赞相，规谏讽喻。②美人：古人多用于比喻君子，此指韩注。娟娟：美好的样子。隔秋水：比喻韩注去官隐居。③濯（zhuó）足：洗脚。八荒：四面八方。④鸿飞冥冥：冥冥，指远空。喻韩注已经归隐。⑤玉京：玉京山，道家所说的元始天尊所在的天之中心。群帝：众仙。⑥星宫：星宫之君，借指皇帝。⑦羽人：飞仙，借指贬谪之人。⑧赤松子：神农时雨师，民间传说汉代张良随赤松子而去。⑨帷幄：军幕。⑩周南：《史记·太史公自序》："是岁天子始建汉家之封，而太史公留滞周南，不得与从事。"此用其事，说韩注有才能而不得施展。⑪南极老人：南极星，又名老人星。见到他则天下太平。⑫贡：进贡。玉堂：汉时未央宫有玉堂，这里借指朝廷。

译文

眼下我思念岳阳心绪不佳，身体原想奋飞却因病而卧床。隔江的韩注他品行多么美好，濯足洞庭河，遥望四面八方。鸿鹄飞向天空在日月之间，青枫树叶已变红，秋霜已下降。神仙们聚集在北斗宫，有的骑着麒麟，有的驾着凤凰。旌旗飘展如花还是被烟雾所淹没，潇湘荡着涟漪倒影随波摇晃。北斗星君沉醉玉露琼浆，羽衣仙人稀少况且不在近旁。好像听闻他是昔日的赤松子，也许更像汉初韩宗室的张良。曾经追随刘邦建业定都长安，运筹帷幄之心未改精神惨伤。国家社稷的安危岂敢坐视观望，就是因为厌恶这个世道所以宁可餐食枫香。太史公留滞周南古来被痛惜，但愿他像南极寿星长泰永昌。为什么品行高洁的人要处江湖之远，怎么才能将他置于未央宫之上？

精品赏析

本诗的结构非常有特点，游仙与现实融为一体。先写韩注居住的洞庭湖，由洞庭湖自然地引出游仙的联想。写游仙后，又用韩国张良的典故，既切合韩注的身世，又由仙境回到了人世间，衔接自然。诗中大量使用典故，展示了杜甫读万卷书的深厚功力。

古柏[1]行

杜　甫

原文

孔明庙[2]前有老柏，柯[3]如青铜根如石。
霜皮溜雨四十围[4]，黛色参天二千尺[5]。
君臣已与时际会，树木犹为人爱惜。
云来气接巫峡长，月出寒通雪山白。
忆昨路绕锦亭[6]东，先主武侯同閟宫[7]。
崔嵬枝干郊原古，窈窕丹青户牖空。
落落盘踞虽得地，冥冥孤高多烈风。
扶持自是神明力，正直原因造化功。
大厦如倾要梁栋，万牛回首丘山重。
不露文章[8]世已惊，未辞翦伐谁能送。
苦心岂免容蝼蚁，香叶曾经宿鸾凤。
志士仁人莫怨嗟，古来材大难为用。

字词解释

①古柏：是夔州（今重庆奉节）诸葛亮庙前的古柏。②孔明庙：诸葛亮，字孔明。诸葛亮庙有三处，一在定军山（今陕西勉县）；二在成都，为武侯祠，附刘备庙中；三在夔州，与刘备庙分立。此为夔州孔明庙。③柯：树的枝干。④霜皮溜雨：树皮白而光滑。四十围：极言其粗。围：合抱曰围。⑤黛色：青黑色。二千尺：极言其高。⑥锦亭：杜甫在成都草堂有亭，因草堂近锦江，故称锦亭。⑦閟（bì）宫：神宫，指祠庙。⑧不露文章：指古柏不炫耀自己的花纹之美。

译文

孔明庙前有一株古老的柏树，枝干颜色古旧，树根固如磐石。树皮洁白润滑，树干是青黑色的有四十围，朝天耸立足有两千尺。先主与孔明君臣遇合与时既往，至今树木犹在仍被人们爱惜。柏树高耸入云接天地精气眺望巫峡，月出寒光高照寒气直通岷山。记得当年小路环绕我的草堂东面，刘备庙与武侯祠在一个宫。柏树枝干崔嵬郊原增生古致，庙宇深邃，漆绘连绵，门窗宽空。古柏高耸天地相接，但是难免因为孤傲而招烈风。它得到扶持自然是神明伟力，它正直伟岸源于造物者之功。大厦要倾倒就须有栋梁支撑，古柏稳若高山万年也难拉动。它不露花纹彩理已使世人震惊，它不辞砍伐又有谁能够采送？可惜虽有苦心也难免蝼蚁侵蚀，树叶芳香曾经引来鸾凤居住。天下志士们请你们不要怨叹，自古以来大材一贯难得重用。

精品赏析

诸葛亮是杜甫最为崇敬的历史人物，今存杜甫诗中涉及诸葛亮的诗句多达数十处。本诗通过对夔州孔明庙前古柏形象的描绘，突出了孔明忠贞不贰，鞠躬尽瘁、伟岸正直的光辉形象。也感叹诸葛亮“出师未捷身先死”的悲剧命运，也自伤自己人生的不得志，读来悲慨动人。

八月十五夜赠张功曹[①]

韩　愈

原文

纤云四卷天无河，清风吹空月舒波。
沙平水息声影绝，一杯相属[②]君当歌。
君歌声酸辞正苦，不能听终泪如雨。
洞庭连天九疑高，蛟龙出没猩鼯号[③]。
十生九死到官所，幽居默默如藏逃。
下床畏蛇食畏药，海气湿蛰熏腥臊。
昨者州前捶大鼓，嗣皇继圣登夔皋[④]。
赦书一日行万里，罪从大辟[⑤]皆除死。
迁者追回流[⑥]者还，涤瑕荡垢清朝班。
州家申名使家[⑦]抑，坎轲只得移荆蛮[⑧]。
判司[⑨]卑官不堪说，未免捶楚[⑩]尘埃间。
同时流辈多上道，天路幽险难追攀。
君歌且休听我歌，我歌今与君殊科[⑪]。
一年明月今宵多，人生由命非由他，有酒不饮奈明何。

字词解释

①张功曹：张署。德宗贞元十九年（803）韩愈与张署同时被贬。②属：劝酒请歌之意。③九疑：九疑山。猩鼯（wǔ）：猩猩和鼯鼠。鼯鼠是一种大的飞鼠。④“昨者”两句：宪宗登基选用贤臣，诏命传到州府。捶大鼓：唐颁布大赦令要击大鼓千声，召集百官，晓示天下。登夔皋：登，选用，进用。夔和皋都是舜时的贤臣，夔是乐官，皋陶是司法官，后世以“夔皋”代指贤臣。⑤大辟：杀头之罪。⑥迁：贬谪。流：流放。⑦州家：州刺史。使家：观察使。⑧移：量移。荆蛮：荆州，即江陵府。为故楚郢都，相对于中原为南蛮之地。⑨判司：功曹判一司之事，故称判司。⑩捶楚：即杖刑。⑪殊科：不同。

译文

云雾散去，银河也在空中隐没，清风拂空，月光如荡漾的水波。沙岸齐平湖水宁静，月色中天地一片宁静，举起一杯美酒，我劝你对月高歌一曲。可是你的歌声这样辛酸，歌词也真悲苦，我实在不忍听下去，早就泪落如雨。洞庭湖波涛连天，九疑山高峻无比，蛟龙在水中出没，猩鼯在山间啼嚎。九死一生，我才到达被贬谪的去处，荒郊僻壤，在这里默默受苦就像罪犯一样心惊胆战。下床常常怕被蛇咬，吃饭时时怕中毒，因为近海所以地湿蛇虫很多，到处都有腥臊的臭味。郴州府门前的大鼓，昨日捶个不停，新皇继位，也许会举用贤能之人入朝。大赦的文书，一日万里地传送四方，死刑变流放，其他罪犯递减一等，各种刑徒都可以减免罪行，涤荡污秽瑕垢，改革弊端清理朝班。刺史替我申报了，竟然被观察使扣住不发，命运坎坷，只得移向那偏僻的荆蛮。做个判司卑职的小官，的确不忍说起，一有过错未免要挨打而跪伏在地。当时和我一道贬谪的人，大都已经启程去了，庙堂之路艰险而难以攀登。请你暂且停一停，听我也来唱一唱，我唱的歌比起你的歌，的确有很大不同。一年中的月色，恐怕就数今夜最美最多，人生全由天命注定，也许不为别的，有酒不饮如何对得起这明月光景。

精品赏析

唐宪宗贞元十九年（803），韩愈与张署皆任监察御史。曾因天旱向德宗进言，极论宫室之弊，韩被贬为阳山（今广东阳山）县令，张被贬为临武（今湖南临武）县令。贞元二十一年（805）正月，唐顺宗即位，二月甲子大赦。八月唐宪宗又即位，又大赦天下。本来这两次大赦可以让韩愈等调回京城，但是由于湖南观察使作梗断绝了他们此次回京之路，因此他们均未能调回京都，只改官江陵。中秋良夜，身处羁旅客馆，举头望月之际，韩愈心中感慨万分，遣怀笔端，抒发了自己的郁勃不平之气，也表达了听天由命、及时行乐的悲观情绪。

此诗语言古朴，直陈其事。感情真实而通畅，淋漓尽致。

五言绝句

登鹳雀楼[1]

王之涣

原文

白日依山尽，
黄河入海流。
欲穷千里目[2]，
更上一层楼。

字词解释

①鹳（guàn）雀楼：也作“鹳鹊楼”，在蒲州（今山西永济）。楼高三层，前临中条山，下瞰黄河，为登临胜地。因楼上时有鹳雀栖息而得名。②穷：极尽。千里目：远眺的目力。

译文

太阳依傍着西山慢慢地落下去，
滔滔黄河汹涌澎湃，奔向东海。
若想尽览千里之外的风光，
就要登上更高的一层楼。

精品赏析

诗前两句写登楼所见，景象壮阔，气势雄浑。后两句即景生意，引出站得高才能看得远的哲理，把诗篇带入更高的境界。既表现出诗人高瞻远瞩、积极进取的胸襟怀抱，也充满着盛唐社会昂扬向上的时代精神。

春 晓

孟浩然

原文

春眠不觉晓①，
处处闻②啼鸟。
夜来③风雨声，
花落知多少。

字词解释

① 晓：拂晓。② 闻：听到。③ 夜来：指前夜，来是助词。

译文

春日酣睡，全然不知天色放晓。
只听得窗外到处都是鸟儿欢快的啼叫声。
昨天夜里隐约听到了风雨声。

花儿经过这场风雨，不知被吹落了多少。

精品赏析

诗人抓住春眠醒来的片刻感受，表现出春天大自然的无限生机，寄寓着对美好事物的珍惜之情，也充分展现了平淡闲适、逍遥自在的人生状态。全诗构思巧妙，语言朴素清新，诗味隽永。

宿建德江①

孟浩然

原文

移舟泊烟渚②，
日暮客愁新。
野旷③天低树，
江清月近人。

字词解释

①建德江：新安江流经建德（今属浙江）一段称建德江。②烟渚：暮色中如烟笼罩的水岸。渚，有两义：一为水中小洲，二为水岸。③野旷：意谓原野空旷。

译文

把船停靠在水雾弥漫的沙洲边，

暮色降临，愁绪亦如潮水般袭来。
空旷的原野上，天空仿佛压在了树梢上，
清澈的江水映照着明月，只有月亮与我如此亲近。

精品赏析

诗人孟浩然于洛阳求仕不成，开始漫游吴越，这首写旅愁的小诗即创作于此时期。诗人使用纯白描的手法，通过日暮、烟渚、旷野、清江等景物，再附以“天低树”“月近人”等作者的自我感受，将景物与愁绪浑为一体，展现出一幅充满羁旅愁思的清江夜泊图。

相思

王 维

原文

红豆[①]生南国，
春来发几枝。
愿君多采撷[②]，
此物最相思。

字词解释

①红豆：相思木所结之籽，又名相思子。相传相思子圆而红，昔有人死于边塞，其妻思之，哭卒于树下，因而得名。②撷（xié）：摘取。

译文

红豆树生长在南方，
春天到来，酿发新枝。

希望你能多采摘一些红豆，
因为它可以寄托更多的相思。

精品赏析

此诗另题为《江上赠李龟年》，说明诗中抒写的是对朋友的眷念之情。全诗以象征思念之情的“红豆”为媒，含蓄委婉，语浅情深，把相思之情表达得入木三分，摇曳生姿。

竹里馆[1]

王 维

原文

独坐幽篁[2]里，
弹琴复长啸[3]。
深林人不知，
明月来相照。

字词解释

①竹里馆：王维辋川别业中二十景之一。②幽篁：幽深的竹林。幽，深。篁，竹林。③啸：嘬口发出长而清脆的声音，类似我们今天的打口哨。是宣泄情绪的一种方式。

译文

独自坐在竹林深处，

弹琴又长啸。
竹林幽深，没有人知道我在这里，
只有明月与我相伴。

精品赏析

王维信佛，佛教思想促使他创作了一些富有禅趣的诗歌。并且王维诗中的禅意，集中表现为追求寂静的境界。《竹里馆》一直被认为是王维禅意诗的代表作。竹林幽深，诗人独坐，没有人知道他的存在，唯有明月相伴，这个境界可谓幽静至极。但第二句的“弹琴复长啸”，是诗人自己制造出的声响打破了这种寂静。夜深不眠，却在一个无人知晓的地方弹琴长啸，明明是内心忧思充溢的表现，再以“禅意”来理解这首诗就有失偏颇了，所以这应该是一首抒发忧思与孤独情怀的诗歌。

鹿 柴①

王 维

原文

空山不见人，
但闻人语响。
返影②入深林，
复照青苔上。

字词解释

① 鹿柴（zhài）：诗人王维辋川别业中一景。柴，本作“砦”，通“寨”，木栅栏。② 返影：指夕阳返照。

译文

幽静的山里空旷无人，
只是听到人们清晰的话语。

落日余晖照进了森林深处，
又洒落在青苔之上。

精品赏析

这首诗是王维五绝组诗《辋川集》二十首中的第四首。诗中描绘了鹿柴附近空山密林中傍晚时分的幽静景色。傍晚幽暗的密林之中，因人语夕阳增添了暖意和生机，也更衬托了山之“空”，也表达了诗人平淡闲适的心境。

静夜思①

李　白

原文

床前明月光，
疑是地上霜。
举头望明月②，
低头思故乡。

字词解释

① 诗题一作“夜思”。② 望明月：宋代的版本作“望山月”。

译文

月光洒满床前，
银白透亮像霜一样。
不禁仰望中天皓月，

低头无语，让人更加思念故乡。

精品赏析

本诗作者通过一个错觉抒写了自己静夜思乡之情，从“疑”到“举头”，从“举头”再到“低头”，形象地揭示了诗人的内心活动，全诗信口而成，没有奇特的想象，没有夸张的语言，却把远客思乡之情，表现得意味深长，达到“无意于工而无不工”的妙境。

逢雪宿芙蓉山主人

刘长卿

原文

日暮苍山远，
天寒白屋[①]贫。
柴门闻犬吠[②]，
风雪夜归[③]人。

字词解释

① 白屋：古时穷人的屋顶用白茅覆盖或木材不加油漆，所以又叫白屋。② 犬吠：狗叫。③ 夜归：夜晚回来。

译文

暮色苍茫，山路漫长，
严冬逢雪，简陋的茅屋更显贫寒。

柴门外一阵阵狗叫的声音传来，
风雪之夜，晚归的人回来了。

精品赏析

刘长卿擅长写五言诗，他的五言绝句几乎篇篇传诵。此诗构思精致、清秀淡远，运用白描的手法，平淡的语言，细节的勾勒，将旅人雪夜投宿，主人晚归的情景，淋漓尽致地描绘出来。

八阵图①

杜　甫

原文

功盖三分国②，

名成八阵图。

江流石不转，

遗恨失吞吴③。

字词解释

① 八阵图：八阵图在夔州西南永安宫前平沙上，相传是诸葛亮为防备魏国和吴国入蜀所布下的石阵。八阵为天、地、风、云、龙、虎、鸟、蛇八形，聚石成八八六十四堆，各高五尺，相克相生。② 三分国：指魏、蜀、吴三分天下。③ 失吞吴：以吞吴之举为失策。刘备为报关羽、张飞被杀之仇，不听诸葛亮的劝阻，发兵征讨吴国，终于招致夷陵兵败，白帝城刘备归天，蜀国从此一蹶不振。

译文

三分天下，您功业盖世，
八阵图更使您名震天下。
任凭江河水流怎样冲击，石头阵却不曾移动，
征吴失败，成为您的千古遗恨。

精品赏析

唐代宗大历元年（766），杜甫初到夔州，于夔州“八阵图”遗址缅怀诸葛亮，写下这首《八阵图》诗。前两句赞颂了诸葛亮的丰功伟绩，后两句写刘备征吴，破坏了诸葛亮联吴抗曹的根本策略，统一大业夭折，成为诸葛亮的千古遗恨。

行军九日①思长安故园

岑　参

原文

强欲登高去，
无人送酒来②。
遥怜故园菊，
应傍战场③开。

字词解释

①九日：即初九。九月九日，即重阳节，有登高饮酒的习俗。②“无人”句：这里化用古时的典故。东晋陶渊明有一年重阳节无酒饮，恰好江州刺史派人专门给他送酒来。这句是说自己想喝酒但是找不到酒。③战场：指故乡长安沦为战场。当时安史之乱已经爆发，长安已经失陷。

译文

九月九日重阳佳节，我也想勉强自己去登高望远，但却没有人给我送酒来。

遥想故乡长安美丽可爱的菊花，应该是在硝烟弥漫的战场旁寂寞地开放。

精品赏析

每逢佳节倍思亲。重阳佳节，本是亲人团聚登高畅饮的欢乐日子，但自己的家乡长安已被叛军占领，菊花开放的地方，或许已是硝烟弥漫的战场。诗人通过对故乡菊花的怜惜，深切地表达了对国事的忧虑和对人民饱受战乱之苦的同情和关切。

秋夜寄邱二十二员外[①]

韦应物

原文

怀君属[②]秋夜，
散步咏凉天。
山空松子落，
幽人[③]应未眠。

字词解释

①邱二十二员外：指邱丹（也写作丘丹），嘉兴（今浙江嘉兴）人，此时在临平山中学道。②属（zhǔ）：适逢、恰逢。③幽人：隐居的人，即邱二十二员外。

译文

恰逢在凉爽的秋夜思念你，

边散步边咏叹这如水的凉夜。
空山寂静，松子至秋而落下，
想你此时也应该没有入睡。

精品赏析

这是一首怀人之作，前两句写自己，即怀人之人，是实写，后两句写邱丹即所怀之人，是虚写。虚实结合，把自己与朋友连在一起，表达了自己对友人深切的思念。语浅情深，诗意隽永，是韦应物五绝体的代表作。

送灵澈①

刘长卿

原文

苍苍竹林寺②，
杳杳③钟声晚。
荷④笠带斜阳，
青山独归远。

字词解释

①灵澈：诗僧，俗姓汤，字澄源。会稽（今浙江绍兴）人，出家云门寺，曾向严维、皎然学诗，名动京师。②竹林寺：在润州（今江苏镇江）。③杳杳：深远的样子。④荷：负。

译文

竹林寺的竹林青翠苍郁，

杳杳的晚钟声从远处飘来。
你背负着斗笠沐浴在斜阳之中，
独自向青山深处归去。

精品赏析

这是一首送别诗，诗人当时送诗友灵澈和尚返回竹林寺，即景生情写下了这首诗。诗人，构思精巧，不写离情别绪，简笔素描画出高僧背影。诗人一直目送友人远去，表达了对灵澈的真挚情谊。诗的意境清晰，画面清秀而动人，一反送别感伤之态，而富有清淡雅气，有一种含蓄幽远的特殊风格。

弹　琴

刘长卿

原文

泠泠[①]七弦[②]上，
静听松风寒[③]。
古调虽自爱，
今人多不弹。

字词解释

①泠泠：清亮之音。②七弦：指古琴，古琴有七弦，相传神农氏制五弦琴，周文王加为七弦。③松风：琴曲名，指《风入松》曲。寒：凄清的意思。

译文

七弦琴声清幽动听，
静听《风入松》琴调，不觉春寒凄清。

我非常喜爱那典雅优美的古调，
可当今时代少有人喜欢弹奏了。

精品赏析

这首诗借歌咏古调琴曲，抒发自己不媚流俗、情致高雅的审美趣味，也流露出曲高和寡的孤独感和怀才不遇、遭受冷落的苦闷情怀。

问刘十九①

白居易

原文

绿蚁新醅酒②，

红泥小火炉。

晚来天欲雪③，

能饮一杯无④？

字词解释

①刘十九：其人不详。有人认为是诗人在江州时好友刘处士。②绿蚁：未经过滤的米酒上，浮有米粒，呈微绿色。称“浮蚁”。新醅（pēi）酒：新酿熟的酒。③天欲雪：天要下雪。④无：疑问语气词。

译文

新酿的米酒香气扑鼻，

红泥做成的小火炉烧得正旺。
看来晚上天要下雪，
为什么不来与我喝一杯呢？

精品赏析

这首诗作于唐宪宗元和十二年（817）白居易任江州司马时。贬谪江州是白居易一生的转折点，贬谪前白居易的诗歌多为反映社会现实的乐府诗，贬谪之后，其诗歌创作发生了很大的变化，多为描写个人生活的闲适诗。此篇就是这种闲适诗的代表作，是一篇邀请朋友来一起畅饮的劝酒词，感情真挚深切。

江　雪①

柳宗元

原文

干山鸟飞绝，
万径人踪②灭。
孤舟蓑笠③翁，
独钓寒江雪。

字词解释

① 此诗作于柳宗元被贬永州司马期间。② 踪：脚印，踪迹。③ 蓑笠：蓑衣和斗笠。

译文

连绵的群山和鸟儿都不见了，
山里山外的小路上，也没有了人的行踪。

江中孤舟上，一个披蓑戴笠的老渔翁，
在江雪之中独自垂钓。

精品赏析

这首诗大约作于柳宗元谪居永州（今湖南永州）期间，诗人用前两句创造出一个一尘不染，万籁无声，毫无生机的幽静寒冷境界，更好地衬托出后两句中孤舟独钓、超然物外、清高孤傲的老渔翁形象，来寄托自己不从流俗，遗世独立的思想感情，也抒发了自己政治上失意的苦闷情绪。

寻隐者不遇①

贾　岛

原文

松下问童子②，
言③师采药去。
只在此山中，
云深④不知处。

字词解释

①寻：寻访。隐者：隐居山林的人。不遇：没有见到。②童子：小孩，这是指隐者的书童或是弟子。③言：回答说。④云深：指山上云雾缭绕的地方。

译文

苍松下，问隐者的徒弟，
回答说师父去采药了。

就在这座山中，
但是林深山高，我也不知道师父在哪里。

精品赏析

本诗是问答体，通过寻访者与童子的问答，生动传神地描绘出隐者闲云野鹤般逍遥自在的生活意志。诗意简净而饱满，言浅而意深。

行　宫[1]

元　稹

原文

寥落[2]古行宫，
宫花寂寞红。
白头宫女在，
闲坐说玄宗[3]。

字词解释

①行宫：帝王出行时居住的宫室。②寥落：孤寂，冷落。③玄宗：唐玄宗，因过于宠幸杨贵妃而导致安史之乱。

译文

寂寥冷清的古行宫，
宫中的花儿独自寂寞地开放。

只有几个白发的宫女，
无聊闲坐，谈论着当年的唐玄宗。

精品赏析

本诗表达了诗人对宫女凄惨命运的深切同情。宫中事物繁杂，诗人只突出描写了宫中的红花和白发的宫女。这些宫女年轻时也是花容月貌，但如今红颜憔悴，白发覆头。宫中岁月对她们的摧残不言而喻，仅仅二十个字却令人浮想联翩。

登乐游原①

李商隐

原文

向晚意不适，
驱车登古原②。
夕阳无限好，
只是近黄昏。

字词解释

① 乐游原：在长安东南，是唐时登临胜地，一名乐游苑。② 古原：即乐游原。自汉宣帝时建苑至诗人作此诗时已九百多年。

译文

临近傍晚，感觉心里很不舒服，
于是驾车登上乐游原游玩。

此时夕阳无限美好，灿烂无限，
只是将近黄昏，美景不能长久。

精品赏析

这首诗的含义具有多样性，有人认为是诗人赞叹山河的壮美，也有人认为是诗人感慨时代的没落、家国的沉沦，也有人说他是吊古伤今，慨叹自己人生迟暮、壮志难酬。不管怎么样，“夕阳无限好，只是近黄昏”已经成为千古名句，任凭后人猜想感慨。

春　怨①

金昌绪

原文

打起黄莺儿，
莫教枝上啼。
啼时惊妾梦，
不得到辽西②。

字词解释

①春怨：又题《伊州歌》。伊州治所为今新疆哈密，《伊州歌》为唐乐府曲，玄宗时传入长安。②辽西：秦时郡名，管辖辽河以西地区。这里借指征人戍边处。

译文

将黄莺赶走了，
不让它在枝头啼鸣。

怕啼声惊醒我的好梦，
不能在梦中赶到辽西，与我的夫君相见。

精品赏析

这是一首思夫诗，写少妇思念戍边的丈夫，期待与夫君梦里相见，怕枝头黄莺惊扰了自己的美梦，事先将黄莺赶走。全用口语，明白如话，却将少妇对夫君的深深思念写得极为真挚动人。

七言绝句

回乡①偶书

贺知章

原文

少小离家老大②回，
乡音无改鬓毛衰③。
儿童相见不相识，
笑问客从何处来。

字词解释

① 回乡：回到家乡。这首诗是作者于唐玄宗天宝二年（743）告老还乡时所作。② 老大：年纪大了，老了。③ 乡音：家乡的口音。鬓毛：额角边靠近耳朵的头发。衰（cuī）：减少，疏落。

译文

青春年少时离开家门，到了迟暮之年才回到故乡，
虽然我乡音未改，但双鬓却已是斑白如霜。
顽皮的小孩子们看见我，没有一个人认识我，
笑着问我，是从哪里来的客人。

精品赏析

贺知章《回乡偶书》为两首，此为第一首，诗人用浅易的语言，表现自己少小离家、久客还乡的复杂心情，将无限的感慨，寄寓于谐趣的生活场面之中，韵味无穷。此诗因而成为流传最广的唐诗名篇之一。

芙蓉楼送辛渐①

王昌龄

原文

寒雨连②江夜入吴，
平明送客楚山孤③。
洛阳亲友如相问，
一片冰心在玉壶④。

字词解释

①芙蓉楼：在润州（今江苏镇江）城西北，三国吴初年建，晋刺史王恭改建。辛渐：诗人的一位朋友。②寒雨：寒冷的雨。连：覆盖。③平明：拂晓。客：在这里指辛渐。楚山：因为春秋时的楚国在长江中下游，因此将这一带的山以楚山代称。孤：独自一人。④一片冰心在玉壶：冰心在玉壶之中，比喻人清廉正直。冰心，比喻心地纯洁。

译文

寒雨连绵，江天弥漫，吴国故地烟雨迷蒙，
拂晓送走了好友，最后只剩下我和楚山孤独的影子。
洛阳的亲朋好友要是偶尔问起了我，就请告诉他们：
我的心依然如以前一样正直、纯洁。

精品赏析

王昌龄送别赠答诗中，最为人称道就是在任江宁丞期间写的《芙蓉楼送辛渐二首》，此为其一。王昌龄借送别表明自己心迹操守，“一片冰心在玉壶”非常形象地剖露出诗人心地莹洁、不存纤尘的精神境界。寒江夜雨不仅增添了萧瑟的秋意，渲染出离别时感伤黯淡的气氛，更烘托出诗人光明磊落、表里澄澈的品格。

从军行①

王昌龄

原文

青海②长云暗雪山③，
孤城遥望玉门关。
黄沙百战穿金甲④，
不破楼兰⑤终不还。

字词解释

①从军：参军。行：古代的一种歌曲题材。②青海：青海湖。③雪山：这里是指祁连山。④穿：磨损，磨破。金甲：战衣，金属制的铠甲。⑤楼兰：原是汉代西域国名，在本诗中泛指当时骚扰西北边疆的敌人。

译文

青海湖上空的阴云遮盖了远处的雪山，

守护孤城的将士们遥望着远方的玉门关。
塞外的将士久经沙场，有的都磨损了盔和甲，
但热血男儿们如果没有击败敌人是绝不会活着回去的。

精品赏析

王昌龄《从军行》组诗是采用乐府旧题写的边塞诗，共有七首，此诗是第四首。前两句描绘了西北戍边将士生活战斗的典型环境，境界阔大，感情悲壮，蕴含丰富。后两句由环境描写转为抒情，抒发了将士们不畏艰苦、不怕牺牲，为国效命的豪情壮志。整首诗给人的感受是雄壮有力，激昂振奋。

送柴侍御①

王昌龄

原文

流水通波接武冈②，
送君不觉有离伤。
青山一道同云雨，
明月何曾是两乡。

字词解释

①侍御：官职名。②通波：水路相通。武冈：今湖南武冈县。

译文

江水滔滔不绝连接着武冈，
虽然不舍得分离，但是我不会过分忧伤。
因为有巍峨的青山同你我共沐风雨，

寄寓友情的明月不会在乎两人的距离有多长。

精品赏析

一般送别诗，不是写别时之难，就是写别后之思，而王昌龄这首《送柴侍御》却写得别开生面。此诗大约作于王昌龄被贬龙标（今湖南黔阳县）时，送友人柴侍御去武冈，因两地同在湖南，所以王昌龄说云雨相同，明月共睹，不觉有“离伤”，但却将真挚友情和别后思念渗透于字里行间。更加生动，更加耐人寻味。

别董大[1]

高　适

原文

千里黄云白日曛[2]，
北风吹雁雪纷纷。
莫愁前路[3]无知己，
天下谁人不识君?

字词解释

①董大：唐玄宗时代著名的乐师。②曛：指夕阳落山时的昏黄余光。③前路：前面的路，以后的生活。

译文

天空乌云笼罩，遮天蔽日，
北风追赶大雁，冷雪纷飞。

你不用担心往后没有知己，
天下有谁不认识你呢？

精品赏析

这是一首送别诗。诗人借助眼前景物，用白描手法点明送别的时间和送别的环境，没有说离别，却将离别的氛围营造得恰到好处。对友人的嘱托质朴无华却深情真挚，慰藉中充满鼓舞和力量。“莫愁前路无知己，天下谁人不识君”也成为千古传诵的名句。

除夜[1]作

高　适

原文

旅馆寒灯独不眠，
客心何事转凄然？
故乡今夜思千里[2]，
霜鬓[3]明朝又一年。

字词解释

①除夜：除夕之夜。②“故乡”句：故乡的亲人也许在今夜思念远方的人能回家团圆。③霜鬓：霜白的两鬓。

译文

旅馆里灯光冷清，独自一人难以成眠。
到底是什么事情，让我心中凄凉悲伤呢？

故乡的家人今夜一定在思念我。

远在千里之外的我鬓发霜白，明天又要迎来新的一年。

精品赏析

除夕之夜，自己远离家人，独居客舍。看着外面家家户户齐聚一堂，欢歌笑语，孤寂凄凉之感油然而生。明明是自己思念家乡的亲人，却说家乡的亲人思念千里之外的自己，既增添了孤独萧瑟之感，也暗示了家庭的和谐和家人的亲密。“双鬓明朝又一年”句把诗人的悲苦之情渲染到了极致。短短的四句诗，三层意蕴层层递进，完满地表达了诗的主题。

送元二使安西①

王 维

原文

渭城朝雨浥②轻尘，
客舍青青柳色新。
劝君更尽③一杯酒，
西出阳关④无故人。

字词解释

①诗题一作“渭城曲”。元二：诗人的朋友。安西：唐在西域设置的安西都护府的简称，治所在龟兹（今新疆库车）。②渭城：秦都咸阳故城。浥：湿润。③尽：一作“进”。④阳关：汉置关名，是中原通往西域的必经之路。

译文

清晨的细雨打湿了渭城的街巷，

旅店内的柳色也显得更加青翠。
请你再喝一杯酒吧，
一旦出了阳关，就见不到老朋友了。

精品赏析

诗人在前两句点出了送别的时间和地点，渭城客舍、柳树、湿润的街巷，这些景象构成一幅清新明朗的图画。朋友要“西出阳关”，前往西域安西都护府，其间万里长途跋涉的艰辛寂寞是诗人能体会的。因此，在朋友临行之际“劝君更尽一杯酒”，这一杯酒中浸透了诗人深挚真实的情谊，包含着对远行者的祝福，也有对其前路珍重的殷切祝愿。诗的最后两句充分表现了诗人对友人的依依不舍之情，也点明两人之间的亲密关系。

九月九日忆山东兄弟[1]

王　维

原文

独在异乡为异客，
每逢佳节倍思亲。
遥知兄弟登高处，
遍插茱萸[2]少一人。

字词解释

①这是作者十七岁时所作。山东：指在华山以东，作者故乡蒲州（今山西永济）。②插茱萸：古代风俗，农历九月九日重阳节，头插茱萸，以此可祛邪避灾。茱萸：一名越椒，有香气。

译文

独自一人身作客他乡，

每逢佳节更加思念亲人。
遥想兄弟们重阳登高的地方，
大家都头插茱萸，只少了我一人。

精品赏析

本诗前两句几乎不经什么酝酿，直接点出自己的处境和心情。“独在异乡为异客，每逢佳节倍思亲。”“独在异乡”说明自己孤单在外，因此“倍思亲”这种直抒胸臆的写法迅速抓住了读者的心，因为每一位在外的游子都会有这种感受，所以这句话得到了更多人的共鸣，成为千古以来在外游子经常吟咏的名句。最后诗人想象家乡兄弟们登高的情形，以对亲人的思念之情作结。

送沈子福归江东①

王　维

原文

杨柳渡头行客稀，
罟师②荡桨向临圻。
惟有相思似春色，
江南江北送君归。

字词解释

①江东：长江东南一带。②罟（gǔ）师：艄公。

译文

渡口两岸杨柳依依，行客稀少，
匆匆道声珍重，艄公摇起桨驶向临圻。
只有我的相思像这无边无际的春色，

从江南到江北送君归乡。

精品赏析

王维的这首送别诗别具特色，意韵悠长。诗人似乎不喜欢拐弯抹角，总是在开篇直接入题，描写了送别的情形。渡头的杨柳成了最重要的风景，“柳”与“留”谐音，唐人有折柳送别的习俗，景中也蕴含了诗人不忍离别的深情。最后两句“惟有相思似春色，江南江北送君归”，将相思之情比喻成无边的春色，新奇而又蕴意深远，耐人寻味。诗人希望以此表达对朋友的关切之情，希望两岸的春色代替自己，护送朋友一路顺风，到达自己的家乡。

黄鹤楼送孟浩然之广陵[1]

李　白

原文

故人西辞黄鹤楼，
烟花[2]三月下扬州。
孤帆远影碧空尽，
唯见长江天际流。

字词解释

①之：往。广陵：即今江苏扬州。黄鹤楼：见前注。②烟花：花气如烟，形容春日浓艳景象。

译文

老朋友在黄鹤楼与我辞别，
在美丽的阳春三月沿长江东下去了扬州。

孤帆一片，渐渐地消失在碧空的尽头，
只看见滔滔江水在天际流动。

精品赏析

本诗抒发了送别时对友人无限依恋的感情。全诗语言清新，气象开合自如。诗人以绚丽多彩的三月春色和浩瀚无边的长江流水做背景，在这样的风景下为朋友送别，在朋友的船已经走得很远的时候，诗人仍然久久伫立，目送流向天际的江水，不舍得离去。这两句诗没有提到“友情”这个字眼，却表达了诗人与朋友深挚的友情。诗人巧妙地将依依惜别的深情寄托在壮丽的自然景物描写中，情景交融，感人至深。

早发白帝城①

李 白

原文

朝辞白帝彩云间，
千里江陵②一日还。
两岸猿声啼不住，
轻舟已过万重山。

字词解释

①一题为《下江陵》，又题为《白帝下江陵》。唐肃宗乾元二年（759）李白因永王李璘谋反受牵连，被流放夜郎，行至白帝城遇赦，乘船东归，本诗是出三峡时作。白帝城：东汉公孙述所建，故址在今重庆奉节白帝山上。②江陵：今湖北江陵。

译文

清晨离开了沐浴在朝霞之中的白帝城，

仅用一天时间就回到了相隔千里的江陵。
两岸的猿啼声还没有停歇，
轻盈的小舟已驶过无数的山峦。

精品赏析

李白遇赦东归，心情无比欢快，本诗就是这种心情的写照。前两句一写起点一写终点，可见李白归乡心情急切，而“彩云间”，既暗示白帝城地势之高，也为后面的诗句做了铺垫，更充分地描绘出李白此刻的快乐心情。白帝城和三峡猿历来都是写哀情的意象，在此诗里却无比的生机盎然。李白以个性写诗，这正是李白式以情遣物的写作特点。

闻王昌龄左迁龙标遥有此寄①

李　白

原文

杨花落尽子规②啼，
闻道龙标过五溪③。
我寄愁心与明月，
随君直到夜郎④西。

字词解释

①这是诗人听说王昌龄被贬为龙标县尉后写的。左迁：古人尚右，故贬官称左迁。龙标：今湖南黔阳县。②子规：即子规鸟，又名杜鹃。③五溪：雄溪、满溪、酉溪、沅溪、辰溪之总称，均在今湖南西部。④夜郎：古国名。

译文

杨花落尽，杜鹃悲鸣，

在这个时候听到你被贬龙标、跋山涉水去赴任的消息。
我只好把对你的思念和忧虑交付明月，
让月亮陪着你一直赶赴夜郎之西。

精品赏析

这是一首赠别诗，与一般赠别诗不同的是，赠别的对象不在诗人的身边，这就决定了诗人这首赠别诗写作手法的特殊性。听说朋友王昌龄被贬到蛮荒之地，诗人内心生出无限怜惜，却因无法相见，常见的把酒送别或者是折柳送别都不能实现，只好把我的心痛、思念之情托付于明月，让它陪伴你前行。明月意象，既表达了诗人对朋友的真挚友情，也起到了“遥寄”点题的作用。

重送[1]裴郎中贬吉州

刘长卿

原文

猿啼客散暮江头，
人自伤心水自流。
同作逐臣[2]君更远，
青山万里一孤舟。

字词解释

① 重送：诗人已写过一首同题的五言律诗。② 逐臣：被贬、流放的官。

译文

日暮江边，猿声啼鸣，出行和送行的人们都散去了，
人在独自伤心难过，江水在独自流淌。
你我同是被贬谪的人，而你却要去更远的地方，

就此一别，青山万里，只有你这一叶小舟独自漂泊。

精品赏析

刘长卿善于写别情，送别诗佳作颇多。这首诗紧紧扣住江边送别的情景特点和氛围，层层递进，抒写出他对遭贬谪的友人同病相怜、依依惜别之情。全篇情景交融，首尾相应，使别离深情悠然不尽，余味无穷。

江南逢李龟年①

杜　甫

原文

岐王②宅里寻常见，
崔九③堂前几度闻。
正是江南好风景，
落花时节又逢君。

字词解释

①李龟年：唐开元、天宝年间著名歌唱家，后来安史之乱后流落江南。他与许多诗人都有交往。②岐王：李范，唐睿宗第四子，唐玄宗之弟爱好文学，喜交纳文士。③崔九：崔涤，唐玄宗宠臣，用为秘书监。

译文

曾经在岐王府邸里看过你的表演，

在崔九家里也曾多次听到你的歌声。
现在的江南，正是暮春时节，
在这落英缤纷的时节又遇到了你。

精品赏析

诗人描写安史之乱后与李龟年重逢的情景，开头两句诗人既是在追忆曾经与李龟年的相识过程，也流露出对“开元盛世”的深情怀念。最后两句抒发了作者沉痛的家国兴亡之感和自己的零落漂泊之痛，真实再现了那个时代的沧桑巨变。融情于景，暗示了唐王朝的迅速没落和社会的动乱带给人们的飘零流离之苦，用语含蓄蕴藉，意味深长。

江畔独步寻花①

杜　甫

原文

黄四娘家花满蹊②，
千朵万朵压枝低。
留连戏蝶时时舞，
自在③娇莺恰恰啼。

字词解释

①唐代宗上元元年（760），杜甫住在成都西郊草堂，写了《江畔独步寻花》组诗，此为第六首。②蹊：小路。③自在：自由自在。

译文

黄四娘家路旁街角都开满了鲜花，
千朵万朵的鲜花把枝条都压弯了。

蝴蝶在花丛中流连忘返，
自由自在的黄莺鸟也欢快地鸣唱着。

精品赏析

诗人写了成都春季花开的美好景象，表达了对春天美好景物的喜爱和愉悦之情。首句点明寻花的地点，次句是写花开的繁盛。诗人用“时时”“恰恰”这些叠词让诗歌更富有韵律，让整个画面景色秾丽更富有动感和张扬的春天信息，也使得诗歌语言更加明快，节奏更加明丽、流畅。

逢入京使

岑　参

原文

故园[①]东望路漫漫，
双袖龙钟[②]泪不干。
马上相逢无纸笔，
凭[③]君传语报平安。

字词解释

① 故园：诗人在长安的家。② 龙钟：这里指淋漓湿润。③ 凭：拜托，请。

译文

向东遥望自己的故乡，长路漫漫，
两只衣袖已被泪水打湿，泪水还在不停地流。
在马上相遇，没有纸和笔，

只能托你捎个口信，回家帮我报个平安。

精品赏析

此诗作于唐玄宗天宝八年（749），当时岑参正前往西域安西都护府高仙芝幕府充任掌书记。荒凉的异地偶遇相识，并且是回京城长安的人，立时激起了诗人的思乡之情。全诗即景生情，信口而成，不假雕饰，而又感情真挚，形象地描绘了诗人对家乡和亲人的无限眷念。

滁州西涧①

韦应物

原文

独怜②幽草涧边生，
上有黄鹂深树③鸣。
春潮带雨晚来急，
野渡④无人舟自横。

字词解释

①滁州：今安徽滁州。西涧：在滁州城西，俗称上马河。②怜：怜爱。③深树：树林最浓密的地方。④野渡：无人管理的渡口。

译文

我只爱生长在涧边的幽草，
涧边树林中传来黄鹂鸟的啼鸣。

春潮随着暮雨来势汹汹，
在无人的渡口，船儿在随风飘摇。

精品赏析

韦应物是著名的山水田园诗人，与陶渊明、谢灵运的诗歌创作一脉相承。后人也一向以“陶、谢、韦、柳（宗元）”并称。这首诗，描写了西涧暮春晚雨的悲凉景色，情景交融，展示了诗人孤独寂寞的情怀。

夜上受降城①闻笛

李　益

原文

回乐烽②前沙似雪，

受降城外月如霜。

不知何处吹芦管③，

一夜征人尽望乡。

字词解释

①受降城：唐时张仁愿于贡河以北筑东、西、中三座受降城，这里指西受降城，在今宁夏灵武。②回乐烽：回乐城附近的烽火台，回乐城故址在今宁夏灵武西南。③芦管：即芦笛。

译文

回乐城附近烽火台前的沙漠白得像雪，

受降城外的月光凉若秋霜。
不知道何处有人吹起了芦笛，
一整夜，所有的将士都在思念家乡。

精品赏析

“安史之乱”后，府兵制度已被破坏，边塞将士久戍不调，加之环境艰苦，将士普遍怀有浓重的乡愁，这首诗歌，以凄凉的景色烘托悲凉的情绪，情景交融，极其真实深刻地表达了边庭将士久戍思归的无尽乡愁。至今仍是脍炙人口的名作。

春宫曲①

王昌龄

原文

昨夜风开露井②桃，
未央③前殿月轮高。
平阳歌舞④新承宠，
帘外春寒赐锦袍⑤。

字词解释

①春宫曲：一作《春宫怨》，也作《殿前曲》。是借汉武帝卫皇后事咏唐代宫闱的宫怨诗。②露井：露天之井。③未央：未央宫，在汉长安城西南，这里泛指唐代宫殿。④平阳歌舞：汉武帝看中了其姐姐平阳公主家歌伎卫子夫。卫子夫入宫后极为得宠，后生男孩，遂立为皇后。从此成为皇帝的新宠。⑤赐锦袍：因春寒皇帝赐锦袍，比喻受宠幸。

译文

春风一夜吹开了露井旁的桃花，
未央宫前明月高照一片光华。
平阳公主的歌女新近得到皇帝的宠幸，
帘外春日尚寒，皇上特把锦袍赐给了她。

精品赏析

宫怨、闺怨诗也是王昌龄擅长表现的题材之一。本诗用汉武帝宠幸卫子夫，遗弃原皇后陈阿娇的故事，来说明他人承宠，自己失宠，表现了后宫嫔妃的冷落与寂寞。也表达了诗人对宫中女性的深切同情。

凉州词[1]

王　翰

原文

蒲萄美酒夜光杯[2]，
欲饮琵琶[3]马上催。
醉卧沙场君莫笑，
古来征战几人回？

字词解释

①凉州词：又作《凉州曲》，唐乐府名。凉州：今甘肃武威。②蒲萄：今写作葡萄。盛产于西域，汉武帝时传入中原地区。夜光杯：据《海内十洲记》记载，周穆王时由西域进献。③琵琶：也是西域地区传入中原的乐器。据载是可以在马上弹奏的乐器。

译文

夜光杯盛满葡萄美酒，

正想开怀畅饮，马上琵琶声频催。
即使醉倒沙场，请诸君不要见笑，
自古男儿出征，能有几人活着回去。

精品赏析

王翰极有才名，但存诗仅有十四首，这首《凉州词》是其名篇。诗写将士们出征前高歌痛饮，以壮行色。诗句中有忧伤，但不消沉，整首诗既深沉含蓄，又慷慨悲壮。

月　夜

刘方平

原文

更深月色半人家①，
北斗阑干②南斗斜。
今夜偏知春气暖，
虫声新透绿窗纱。

字词解释

①半人家：指被月色照到一半的庭院。②阑干：纵横的意思。

译文

夜半更深明月西挂照亮半边人家，
北斗七星横卧南斗，六星业已倾斜。
今夜我真的感到春天的温暖气息，

透过绿色的窗纱，我听到了春虫欢快的叫声。

精品赏析

此诗描写了春夜的静谧，诗人对外界自然的变化和气候的体察入微，构成了这首诗清新别致的意境。诗的首两句是写仰望，寥廓天宇，月色空明，星斗阑干；后两句是写俯视，大地静谧，虫声新透，绿纱空灵。构思新颖别致，不落窠臼，用语清丽细腻，妙趣横生。

春　词[1]

刘禹锡

原文

新妆宜面[2]下朱楼，
深锁春光一院愁。
行到中庭数花朵，
蜻蜓飞上玉搔头。

字词解释

①也题作《和乐天春词》。②宜面：脂粉和脸色很匀称，指打扮得很漂亮。

译文

宫女打扮好了之后走下红楼；
眼前春光虽好却独锁深院，怨愁满腹。
来到庭中点数花朵，遣恨消忧；

蜻蜓飞来，停在她的玉簪上头。

精品赏析

在中国古代诗歌创作的传统中，惜春悲秋是春秋两种季节意象的惯用手法。中国是农业大国，春播秋收，所以春秋两季在中国文化里有特殊的意义。人生不得志的文人和官僚，往往以秋天的意象来表达失意的情绪。刘禹锡此诗的特别之处在于，本已是被贬出京了，是人生的多事之秋，但他却一反诗歌传统，对秋天昂扬高歌，表现出诗人积极乐观、不屈不挠的斗争精神。这类作品，可以与刘禹锡名文《陋室铭》互读。

征人怨

柳中庸

原文

岁岁金河复玉关①，
朝朝马策与刀环。
三春白雪归青冢②，
万里黄河绕黑山③。

字词解释

①金河：即黑河，在今内蒙古呼和浩特市南，唐时是匈奴辖地。玉关：玉门关。②三春：三月阳春。青冢：汉代王昭君墓，在内蒙古自治区呼和浩特市西南。③黑山：即杀虎山，在内蒙古自治区呼和浩特市东南。

译文

年年驻守金河又来守玉门关，

天天只有马鞭和大刀与我做伴。
阳春三月下白雪回到昭君墓地，
万里黄河又绕过了黑山。

精品赏析

这首诗描写了征夫长期守边，辗转东西不能还乡的怨情。诗的首句写守边时间持续了很长时间，而且地点不停转换；第二句写天天战争不息，生活单调凄苦；第三句写边塞气候恶劣，归家难成；第四句写边塞形胜，也呼应首句，说明其生涯的不定。以怨为题，却无一“怨”字，用叠字和名词，浑成对偶反复，荡气回肠，虽无“怨”字，怨情自生。

宫 词①

顾 况

原文

玉楼天半②起笙歌，
风送宫嫔笑语和。
月殿影开闻夜漏③，
水精帘卷近秋河④。

字词解释

①此题原为五首，此为其二。②天半：形容玉楼云高。③闻夜漏：听着漏的滴水声。漏：古时滴水（或沙）的计时器。④水精帘：水晶帘。秋河：银河。

译文

玉楼高入云天传来了阵阵笙歌；
随风飘来宫嫔的笑语，与它伴和。

月亮迁移只听得夜漏单调滴答；
卷起水晶帘来，我似乎靠近银河。

精品赏析

这首宫怨诗与其他宫怨诗的不同之处在于诗人采用对比的手法，将玉楼笙歌笑语与宫女锁闭幽宫进行比较，玉楼的欢快与自己的孤凄冷落形成鲜明对比，即使不言怨情，但怨情早已显露。

乌衣巷[①]

刘禹锡

原文

朱雀桥[②]边野草花，
乌衣巷口夕阳斜。
旧时王谢[③]堂前燕，
飞入寻常百姓家。

字词解释

①乌衣巷：在今南京，三国时其地为吴国兵营，军士都穿乌衣，故名。后来成为世家大族的聚居地。②朱雀桥：秦淮河上的一座桥，与乌衣巷很近。③王谢：东晋王导一族、谢安一族都是住在乌衣巷，他们都曾是东晋权势显赫的家族。

译文

朱雀桥边人烟冷落野草丛生，

乌衣巷日薄西山、气势已尽。
东晋时王导、谢安两家堂前的燕子，
现在也在寻常百姓家筑巢安家。

精品赏析

此诗是《金陵五题》的第二首，此诗写乌衣巷现状，将抚今吊古的感慨寄寓景物描写中。语言精练，含蓄而有韵味，用高度的艺术概括力表达了世运无常的感慨。第一句“朱雀桥边野草花”，一个“野”字，揭示了朱雀桥的衰败荒凉。诗人在第三句开头特地用“旧时”两字加以强调，并让燕子肩负穿越时空见证历史的责任。在第四句中再用“寻常”两字进行对比，强调两者的截然不同，从而构成对豪门贵族最终衰落的无情讽刺。

石头城[1]

刘禹锡

原文

山围故国[2]周遭在，
潮打空城寂寞回。
淮水东边旧时月，
夜深还过女墙[3]来。

字词解释

①本诗为《金陵五题》第一首，石头城原是三国时东吴的都城。②故国：故城。③女墙：城上凹凸形的矮墙。

译文

时代变换，围绕着旧国都的群山还依然矗立，
寂寞古老的城池，只有潮水依然陪伴着它。

秦淮河的东边，又看到了以前也来过的月亮，
入夜之后，它总会翻过云霞照到城墙这边来。

精品赏析

这首诗写出了六朝故都金陵的荒凉寂寞，曾经的石头城，繁华不再，吊古伤今，借景抒情，诗人内心一阵感叹。诗人在“永恒”的景物中寄情托思，借助群山、夜潮、月亮等创造出幽远的意境，成为咏史名篇。

再游玄都观①

刘禹锡

原文

百亩庭中半是苔，
桃花净尽菜花开。②
种桃道士③归何处，
前度刘郎今又来。

字词解释

①诗人之前有一首写在玄都观看桃花的诗触怒了权贵，再次遭贬。十余年后诗人又回到长安，重游故地作此诗。②“百亩”二句：这里比喻人事变迁。③种桃道士：这里暗喻当初打击王叔文变法集团、贬黜刘禹锡等人的当权势力。

译文

玄都观偌大的庭院中竟然一半地方长满了青苔，

先前盛开的桃花林不知何处，只有菜花自在开放。
而那些辛勤种桃的道士们又到哪里去了呢?
上次题诗被贬的刘禹锡又回来了!

精品赏析

诗人当年因写了看花诗讽刺权贵，而被贬在外过了十四年，这次又被召回长安。世事变幻，诗人面对那些政敌，用幽默的笔调讽刺了那些红极一时的权贵人物，也表达了自己屡遭贬黜而绝不屈服的坚强意志和乐观态度，同时也可视为诗人对坚持自己的政治操守的一种肯定。

秋词二首①

刘禹锡

原文

自古逢秋悲寂寥，
我言秋日胜春朝。
晴空一鹤排云②上，
便引诗情到碧霄③。

字词解释

①刘禹锡的《秋词》共二首，本篇是第一首。②排云：冲破云层。③诗情：作诗的豪情。碧霄：蓝天。

译文

自古以来，人们每说到秋天都是寂寞凄凉的风格，
但是我认为秋天要胜过春天的妖娆。

秋高气爽，晴朗的天空一只仙鹤冲入云霄，
这样的风景把我的诗兴也带到了晴朗的天空中。

精品赏析

历代文士逢秋必愁，总摆脱不了悲凉寂寞的情感。诗人一反传统秋词的凄凉基调，用爽朗明快的语言，表现了诗人积极乐观的心境。为秋天写出一曲明丽、爽朗的赞歌，表现了诗人豪迈乐观的情怀。

宫　词[1]

白居易

原文

泪尽[2]罗巾梦不成，
夜深前殿按歌声[3]。
红颜未老恩先断，
斜倚熏笼[4]坐到明。

字词解释

①一题作《后宫词》。②泪尽：这里是湿透的意思。③按歌声：按着节拍唱歌。④熏笼：罩在香炉外，用来烘香衣服的笼子。

译文

泪水湿透了罗巾，在床上怎么也睡不着，
夜深了，前殿还能听到欢快的歌声。

可惜容颜未老去却已经失去了君王的恩宠，
心意繁杂，斜靠着熏笼一直坐到了天明。

精品赏析

这是一首宫怨诗。诗中的主人公是一名宫女，泪湿罗巾，等不到君王来临，通宵难眠，而又听到前殿歌舞通宵，知道自己可能已被君王遗忘，心里万分失落。“红颜未老恩先断”，细腻地刻画了失宠宫女千回百转的心理状态，直诉君王的寡恩无情，也倾注了诗人对宫女悲惨遭遇的同情。

寒食①

韩翃

原文

春城无处不飞花，
寒食东风御柳②斜。
日暮汉宫传蜡烛③，
轻烟散入五侯④家。

字词解释

①寒食：每年冬至以后的第一百零五天，大概是清明节的前两天为寒食节。据《左传》载，晋文公火烧森林求介子推，没想到他却抱着大树活活被烧死，晋国人为了悼念他，每年的这一天禁火，只吃冷食，所以称寒食。②御柳：皇帝御花园里的柳树。③传蜡烛：虽然寒食节禁火，但公侯之家受赐可以点蜡烛。④五侯：东汉桓帝在一天之中封了五个得宠的宦官为侯，故称五侯。

译文

春天的长安城落花满地，
寒食节东风把御园柳枝吹斜。
黄昏时，宫中传出御赐的烛火，
轻烟散入了新封的王侯之家。

精品赏析

这是一首讽刺诗。按照习俗，寒食节禁火，但是一些受宠的宦者，却得到皇帝的特赐火烛，享有特权。诗人因此讥讽宦者的得宠，也暗喻贤臣的不得志。蘅塘退士批注：“唐代宦者之盛，不减于桓灵。诗比讽深远。”首两句写仲春景色，后两句暗寓讽喻之情。诗不直接讽刺，而只描摹生活上的特权阶层，讽刺巧妙而辛辣，入木三分。

暮江吟

白居易

原文

一道残阳铺水中，
半江瑟瑟①半江红。
可怜九月初三夜，
露似真珠月似弓②。

字词解释

①瑟瑟：深碧色。②真珠：通“珍珠”。月似弓：因是上旬的月牙，看起来就像弓一样的弯月。

译文

傍晚时分，夕阳的余晖洒在江水之上。
晚霞映照，江水顿时变成一半碧绿一半绯红。

九月初三的夜晚真是美丽啊！
露珠晶莹剔透，一弯新月精巧如弓。

精品赏析

这是一首即景小诗。前两句写黄昏江景，诗人抓住了夕阳下江水绚烂多彩的景色。后两句写月出后清丽的夜景，通过对“露”和“月”的描写，塑造了一派和谐宁静的夜景。诗人用词轻巧，善用比喻和衬托，构造了一幅绝美的图画。

大林寺桃花①

白居易

原文

人间四月芳菲尽，
山寺桃花始盛开。
长恨春归无觅②处，
不知转入此③中来。

字词解释

①大林寺：在庐山香炉峰顶。②长恨：常常遗憾。觅：找寻。③此：指大林寺。

译文

到了四月，大地上春花凋尽，
但高山古寺之中的桃花才开始绽放。
我常常懊恼春天消逝后无处可以再寻找，

不知道春天原来躲到了这深山寺庙中。

精品赏析

这是一首纪游诗，作于唐宪宗元和十二年（817），此诗语言虽然平淡无奇，但却意境深邃，韵味无穷。诗中描写的是入寺看见桃花盛开时一瞬间的感受，在表现诗人情绪上使用白描手法，在句子结构上却是两组一正一反的句子。第一句和第三句是写春归之后的失望，第二句和第四句写入寺看见桃花的惊喜，句法的参差错落，使得整首诗歌读起来，生动具体，活灵活现，诗味隽永。

枫桥①夜泊

张 继

原文

月落乌啼霜满天，
江枫渔火②对愁眠。
姑苏城外寒山寺③，
夜半钟声到客船。

字词解释

①枫桥：本名封桥，因张继诗而称“枫桥”，在今江苏苏州西郊。②渔火：渔船上的灯火。③姑苏：苏州别称。因城西南有姑苏山而得名。寒山寺：在枫桥边，因唐代名僧寒山、拾得曾在此居住而得名。

译文

残月落下，乌鸦啼鸣秋霜遍地，

江边枫树，岸边渔火，让我愁思萦心难以入眠。
姑苏城外的寒山古寺，
半夜报时的钟声传到了我乘坐的客船。

精品赏析

这首诗记叙了诗人夜泊枫桥看到的景象和内心感受。诗人将月落、霜、渔火、寒山寺、钟声等意象进行艺术再创造，构成了一幅幽静诱人、满含情趣的江南水乡图。这首诗明明是写愁，但是愁绪哀而不伤、含而不露，成为一首流传千古的名诗。

赠内人①

张　祜

原文

禁门②宫树月痕过，
媚眼惟看宿鹭窠。
斜拔玉钗灯影畔，
剔开红焰③救飞蛾。

字词解释

①内人：唐代称入宫中宜春院学艺的歌伎为内人。②禁门：宫门。③红焰：指灯芯。

译文

淡淡的月光移过宫门和树木，
一双媚眼只看那宿鹭的巢窠。

孤灯斜影看到她偏头拔下玉钗，
挑开烛芯的红焰救出了飞蛾。

精品赏析

内人是唐代选入宫中宜春院的歌伎。她们一入深宫内院，只能与外界隔绝，失去了人身自由和人生幸福。这首诗是借此题目来阐述诗人的遐想和遥念，表达出诗人对她们的同情之心。这也可以算作一首宫怨诗，但诗人匠心独运，不落窠臼，没有正面描写她们凄凉寂寞的生活，也不直接道出她们愁肠婉转的怨情，只从她们中间一个人在月下、灯畔的两个颇为微妙的动作，折射出她们的遭遇、处境和心情。

集灵台·其一①

张 祜

原文

日光斜照集灵台，
红树花迎晓露开。
昨晚上皇新授箓②，
太真③含笑入帘来。

字词解释

①集灵台：即长生殿，在华清宫中，因用于祭祀神灵，故称。②上皇：指唐玄宗。唐肃宗于灵武即位后尊唐玄宗为“上皇天帝”。新授箓（lù）：指唐玄宗下诏让杨玉环出家为女道士之事。箓：道家之秘籍。③太真：杨贵妃为女道士时号太真，住太真宫。

译文

黎明的曙光斜照着集灵台，

宫树红花迎着晓雾盛开。
唐玄宗昨晚刚受了仙家宝，
看太真嫣然含笑进帘来。

精品赏析

张祜的《集灵台》诗有二首，都是讽刺宫廷荒淫之事的，此为第一首，着意讽刺唐玄宗和杨贵妃的荒淫无耻。杨玉环本来是唐玄宗之子寿王李瑁的妃子，唐玄宗对其一见倾心，他命杨玉环先出家为道士，还俗后再纳为自己的贵妃。集灵台本来是皇家祭祀的地方，而唐玄宗却在这里授命杨玉环出家。全诗貌似白描叙事，但讽意已入木三分，蕴意深长。

题金陵渡[1]

张　祜

原文

金陵津渡小山楼[2]，
一宿行人自可愁。
潮落夜江斜月里，
两三星火是瓜洲[3]。

字词解释

①金陵渡：在今江苏镇江的长江边，与瓜洲隔岸相对。②津渡：渡口。小山楼：张祜寄宿处。③瓜洲：今江苏扬州长江边，为南北交通要道。

译文

金陵渡口静静地矗立着一座小楼，
我在此暂住引发了孤独的乡愁。

月亮西沉的时候，江潮已退尽，
火光点点闪烁，照亮的是对岸的瓜洲。

精品赏析

这首诗写江上的清丽夜色，充满诗情画意，也略含淡淡的愁绪。首句点题，次句抒发感慨。后两句写因怀愁而难眠，推窗远望，斜月朦胧，江潮初落，隔江瓜洲，星火闪烁。全诗画面清丽宜人，而景中也有孤寂之感。至于是何种愁绪，诗人没有言明，读者也可以任意发挥想象。

近试上张水部①

朱庆馀

原文

洞房昨夜停红烛，
待晓堂前拜舅姑②。
妆罢低声问夫婿，
画眉深浅入时无。

字词解释

①此题又作《闺意献张水部》。近试：临近考试。张水部：指张籍，曾任水部员外郎。②舅姑：公婆。

译文

洞房里的红烛通宵燃点，
只等到天亮去堂前把公婆拜见。

梳妆停当轻声询问夫婿：
“你看这画眉的深浅，合不合时样啊？”

精品赏析

此诗题写明是因为临近考试写给水部员外郎张籍的诗，但内容却是写新婚夫妇的闺意诗，似乎有些文不对题，其实是有深意的。唐代应进士试的士子有向在职官僚呈进自己作品的风气，希望得到该官僚的引荐。朱庆馀此诗的呈进对象就是官水部员外郎的张籍。临近考试了，怕自己的文章不符合主考官的要求，因此以新妇自比，以新郎比张籍，以公婆比主考官，写下此诗征求张籍的意见。精雕细琢，又合情合理。张籍也写《酬朱庆馀》作答：“越女新妆出镜心，自知明艳更沉吟。齐纨未足时人贵，一曲菱歌敌万金。”以越女比朱庆馀，说她貌美歌甜，一定会得到人们的赞赏，暗示朱庆馀不必为考试担心。这两首诗珠联璧合，千百年来传为诗坛佳话。

将赴吴兴登乐游原①

杜 牧

原文

清时有味是无能，②
闲爱孤云静爱僧。
欲把一麾江海去，
乐游原上望昭陵③。

字词解释

①吴兴：今浙江吴兴。乐游原：长安城南的最高处，为登临胜地。②“清时”句：意谓在这清平无为之时，自己才有此闲情。③昭陵：唐太宗的陵墓。

译文

太平年代有闲情逸兴，是无能之人；
喜欢孤云自在，也喜欢和尚住处的清静。

我想手擎旄麾，远去江海的吴兴；
再登上乐游原，遥望太宗的昭陵。

精品赏析

杜牧出生于大官宦之家，其爷爷杜佑曾官居相位。杜牧本人也有很高的政治、军事才能，他一直深深怀念大唐的盛世时期，希望能有机会施展自己的才能，为重振国威做贡献。因此他因为在京城做官不能实现自己的远大抱负，所以请求外任，将要离开首都长安的时候登上乐游原，写下这首诗。诗人登高远望昭陵，追怀盛世。全诗深刻而简练，含蓄而沉郁。

金谷园①

杜 牧

原文

繁华事散逐香尘，
流水无情草自春。
日暮东风怨啼鸟，
落花犹似堕楼人②。

字词解释

①金谷园：西晋石崇别墅。在今洛阳西北金谷涧，极尽奢华。石崇的爱妾绿珠即在此园中跳楼自尽。②堕楼人：指绿珠。绿珠是石崇的爱妾，权臣孙秀想要她，石崇不予，孙秀假托圣意加罪石崇，石崇对绿珠说："我今为尔得罪。"绿珠哭答："当效死君前。"跳楼殉情。石崇一门俱被害。

译文

金谷园的昔日繁华随香尘一起烟消云散了，

金谷涧的水无情地流去，春草依然碧绿。
日暮时分的东风迁怨于啼鸣的鸟儿，
风儿吹落的花朵就好像是跳楼的绿珠。

精品赏析

这是一首咏史诗。杜牧路经金谷园，即景生情。金谷园的奢华往事已经烟消云散了，只留下一片荒芜。只有被风儿吹落的花朵还让人想起跳楼自尽的美人绿珠。前两句写景，后两句写人，景中寓情，浑然一体。

赤　壁[1]

杜　牧

原文

折戟沉沙铁未销[2]，
自将[3]磨洗认前朝。
东风不与周郎[4]便，
铜雀春深锁二乔[5]。

字词解释

①赤壁：今湖北武昌赤矶山，一说在今湖北蒲圻县赤壁山。建安十三年（208）孙权、刘备联军于此大败曹操，史称“赤壁之战”。②销：锈蚀。③自将：自己拿了起来。④周郎：周瑜，三国时吴国都督，赤壁之战趁东风火烧曹军，为三国鼎立创造了条件。⑤铜雀：铜雀台，在今河北临漳县。曹操所建，其后宫女眷居于此。二乔：汉末名士乔玄两个女儿，大乔、小乔两姐妹，分别嫁给了孙策和周瑜。

译文

断戟沉在泥沙中，几百年来竟然没有消损，
自己拿来磨洗，认出这是赤壁之战时的兵器。
假设当年东风不来，周瑜的火攻计未必就能成功，
那么大乔小乔就要被曹操藏到铜雀台了。

精品赏析

这是一首咏史诗。诗人吊古人之物，抒发了自己的感慨。在诗的开头两句，诗人借物起兴，慨叹前朝人物，而后提出了如果周瑜火攻没有东风帮忙，东吴也就灭亡了，二乔将被掳去，历史就要改写，杜牧强调历史发展的偶然性，总是希冀一个偶然的机遇，国运日衰的大唐能够再现盛唐时期的辉煌。此诗即为一例。

秋　夕①

杜　牧

原文

银烛②秋光冷画屏，
轻罗③小扇扑流萤。
天阶④夜色凉如水，
卧看牵牛织女星⑤。

字词解释

①此诗也被认为是王建的作品。②银烛：白色蜡烛。③轻罗：轻薄的丝织品。④天阶：指皇宫里的台阶。⑤牵牛织女星：相传牵牛星和织女星原来是生活在人间的夫妻，因得罪天庭，被召回天上，隔银河相望，一年之中只允许农历七月初七相会一次。

译文

白色烛光和秋天的月色让画屏看上去很幽冷，无聊的宫女用轻罗小扇追扑飞过的萤火虫。宫殿的台阶在月色中如秋水般冰凉，累了就躺在台阶上遥望银河两岸的牵牛织女二星。

精品赏析

这是一首宫怨诗，写法非常精妙。诗人使用一系列清幽的意象：银烛、秋光、轻罗、流萤、玉阶、水等营造出清幽微冷的意境，用以衬托宫女一种隐微的寂寞悲凉。以景写情，情景交融。

泊秦淮[1]

杜　牧

原文

烟笼寒水月笼沙，
夜泊秦淮近酒家。
商女[2]不知亡国恨，
隔江犹唱后庭花[3]。

字词解释

①秦淮：秦淮河，穿过金陵（今南京）入长江。当时秦淮河两岸酒家林立，为寻欢作乐的场所。②商女：指卖唱的歌伎。③江：指秦淮河。后庭花：即《玉树后庭花》，为陈朝末代皇帝陈叔宝所作，陈叔宝沉耽声色，终致国亡。后人以此曲指代亡国之者。

译文

水汽弥江，月光洒在白沙上，

小船停靠在秦淮河边，靠近酒家。
歌女为人作乐，怎么知道有亡国之恨，
她们在岸那边，依然唱着后庭遗曲。

精品赏析

晚唐时期，内忧外患不断，统治阶级腐化享乐，过着醉生梦死的生活。本诗通过商女歌唱“亡国之音”，无情地揭露和讽刺了达官贵人们只知寻欢作乐而不顾国家兴亡的无耻行径，表现了作者高度的政治敏感和深沉的忧国之思。构思巧妙、情景交融。

寄扬州韩绰判官①

杜　牧

原文

青山隐隐水迢迢②，
秋尽江南草未凋。
二十四桥③明月夜，
玉人④何处教吹箫。

字词解释

①杜牧曾在扬州节度使下任掌书记。韩绰：其人不详。判官：唐朝节度使、观察使的僚属。②迢迢：形容遥远。③二十四桥：此桥有两说。另一说为扬州有二十四座桥，宋朝沈括在《梦溪笔谈》中记载了二十四座桥的名称。一说二十四桥级吴家砖桥，又名红药桥。因古时有二十四位美人在桥上吹箫，故名。④玉人：美人。

译文

青山隐隐江流千里迢迢，
深秋的江南草木枯凋。
二十四桥上月色妖娆，
老朋友你在何处听美人吹箫。

精品赏析

这首诗是当时杜牧被任为监察御史，由淮南节度使幕府回长安供职后所作。杜牧和韩绰在扬州曾一起游玩，所以回到长安后杜牧写诗寄赠。诗的头一句写景，在远处将扬州一带青翠的山峦描绘出来，隐隐约约，给人以迷离恍惚之感；第二句是想象江南虽是秋天，但草木尚未完全凋零枯黄，表现优美的江南风光，这两句是从山川物候来写扬州。后两句询问韩绰别后的状况，怀念当年一起游乐的时光。

遣　怀

杜　牧

原文

落魄[①]江湖载酒行，
楚腰[②]纤细掌中轻。
十年一觉扬州梦，
赢得青楼[③]薄倖名。

字词解释

① 落魄：漂泊。② 楚腰：楚灵王好细腰，所以后人将细腰称为楚腰。这里均指扬州的歌伎。③ 青楼：指歌伎的居处。

译文

漂泊江湖常常载酒而行，
放浪形骸沉溺美色流连于声色中。

十年扬州不堪回首，竟是一场春梦；
流连青楼，只落得个薄情郎的声名。

精品赏析

此诗是追忆扬州岁月之作。杜牧于唐文宗大和七年至九年（833—835）在淮南节度使牛僧孺幕府任推官，后转掌书记，在扬州与青楼女子多有来往。诗人生性风流倜傥、放浪形骸，但是日后追忆，终究会觉得如梦如幻，一事无成，也暗藏了诗人感慨人生，自伤怀才不遇的感情。

赠别·其一

杜　牧

原文

娉娉袅袅十三余，
豆蔻梢头二月初①。
春风十里扬州路，
卷上珠帘总不如。

字词解释

① 豆蔻句：喻处女，后因称十三四岁女子为豆蔻年华。

译文

姿态美好举止轻盈正是十三年华，
活像二月初含苞待放的一朵豆蔻花。
看遍扬州城十里长街的青春佳丽，

卷起珠帘卖俏粉黛没有比得上她。

精品赏析

此诗有二首，唐文宗大和九年（835）杜牧由淮南节度府掌书记升任监察御史，将离开扬州赴长安，临行留赠妓女之作。用“豆蔻梢头”比喻容貌姣好不仅十分精妙，又似信手拈来，写出人似花美，花因人艳，说它新颖独到是不过分的。一切“如花似玉”“倾国倾城”之类的比喻形容，在这样的诗句面前都会黯然失色。

赠别·其二

杜　牧

原文

多情却似总无情①，
唯觉樽②前笑不成。
蜡烛有心还惜别，
替人垂泪到天明。

字词解释

① 多情句：意谓多情者满腔情绪，一时无法表达，只能无言相对，倒像彼此无情。② 樽：酒杯。

译文

多情因为不知从何说起，所以像无情一样，
酒筵上要笑终究笑不出声。

幸亏案头蜡烛有心为我们惜别，
你看它替我们流泪流到天明。

精品赏析

这一首赠别诗，写诗人与一位妙龄歌女告别，而心中依旧留恋惜别。

诗人用精练流畅、清新自然的语言，表达了悱恻缠绵的别离之情，风流蕴藉，意境深远，回味无穷。就诗而论，表现的感情还是很深沉、真挚的。

为 有①

李商隐

原文

为有云屏②无限娇，
凤城③寒尽怕春宵。
无端嫁得金龟婿，
辜负香衾④事早朝。

字词解释

①此诗是以首句前两字为题。②云屏：以云母饰制的屏风。③凤城：京城。相传秦穆公之女弄玉，吹箫引凤，凤凰集于京城，故称丹凤城，后因称京都为凤城。④衾：被子。

译文

云母屏风后面有一个无限娇媚的人儿；

京城寒冬虽尽但是春宵如何挨过。
啊，为什么我嫁个佩戴金龟的夫婿?
锦衾香帐不要，因为早朝将我撇下不理。

精品赏析

这首诗写的是官家少妇的闺怨。首句点明官宦人家家资殷实而美人娇媚;第二句写寒冬已经过去，春风和暖，气候宜人，一个人却如何安然度过春宵;后两句写因为丈夫在朝廷里做官，每天必须上早朝，自己依旧是孤零零的。“无端嫁得金龟婿”，语浅意深，将满心春怨描写得惟妙惟肖。

贾　生[1]

李商隐

原文

宣室求贤访逐臣[2]，
贾生才调更无伦。
可怜夜半虚前席[3]，
不问苍生问鬼神。

字词解释

①贾生：贾谊，西汉政治家。②宣室：指代汉文帝。逐臣：指贾谊，他曾被贬为长沙王太傅。③虚：空白，徒然。前席：汉武帝听得非常投入，以至于不知不觉地向前靠。

译文

汉文帝渴求能臣贤士，寻访贾谊。

贾谊的才华无与伦比。
君臣相遇一直谈到了深夜，
但是皇帝问的不是民生而是鬼神学说。

精品赏析

这是首著名的咏史诗，诗人先扬后抑，将贾谊得到汉文帝的召见并谈至深夜的事迹叙述出来，而后笔锋一转，诗人把讽刺的予头指向汉文帝，揭露他求贤只是为个人求神问道，没有认识到贤人的才能。此诗借古讽今，也是为自己鸣不平。

嫦　娥①

李商隐

原文

云母屏风烛影②深，
长河渐落晓星沉。
嫦娥应悔偷灵药，
碧海青天夜夜心③。

字词解释

① 嫦娥：月中仙女。传说她本是后羿之妻，因偷吃了丈夫从西王母处得来的仙药，遂飞奔月宫。② 烛影：在烛光照耀下的影子。③ 碧海：形容蓝天碧绿就像海一样。夜夜心：指夜夜感到孤独寂寞。

译文

云母屏风上叠印着烛影，

银河慢慢地斜转，启明星已经暗淡下来。
嫦娥想必后悔当初偷吃了不死仙药，
现在孤身一人独处天宫，夜夜孤独寂寞。

精品赏析

这首诗借用了嫦娥盗药的传说，但是主题思想历来说法不一。这也是李商隐诗的魅力所在，他的诗有的凝练蕴藏哲理，但是这里面的哲理却不是一两句就能参透的，一般认为这首诗表现了一种积极入世的思想，劝谕人们面对现实，远离鬼神之说。也有人认为是抒写处境孤寂的主人公对环境的感受和内心的独白。

瑶　池①

李商隐

原文

瑶池阿母绮窗开，
黄竹歌声动地哀②。
八骏③日行三万里，
穆王何事不重来。

字词解释

①瑶池：传说中西王母所居住的地方，位于昆仑山上。②“黄竹”句：穆王南游，去黄竹路上遇风雪，有人冻伤，穆王作《黄竹歌》三章以哀民。穆王指的是西周君王，姓姬名满，穆王西游说的就是他。③八骏：传说穆王有赤骥、华骝等八匹骏马。

译文

瑶池漂亮的窗子被打开了，

但是只听得黄竹单调凄清的歌声。
八匹神马矫健，可以日行三万里，
周穆王为什么还没有来?

精品赏析

晚唐皇帝迷信神仙之道，服食丹药以求长生，甚至服金丹中毒死亡。此诗便是借助传说讽刺晚唐迷信神仙的风气。这首诗是借周穆王西游遇仙人西王母的神话，通过丰富的联想和想象讥刺皇帝求仙长生的虚妄和可笑。

诗人虚构了西王母盼不到周穆王重来的伤感，实际上暗示了穆王已死，构思巧妙，讽刺辛辣而到位。

夜雨寄北[1]

李商隐

原文

君问归期未有期，
巴山[2]夜雨涨秋池。
何当[3]共剪西窗烛。
却话巴山夜雨时。

字词解释

①此诗又题为《夜雨寄内》。是李商隐在东川节度使柳仲郢幕时作。有人说是写给妻子，有人说写给朋友。②巴山：不是指大巴山，而是指东川一带的山。③何当：何时，什么时候。

译文

你问我什么时候可以归来，可是我也说不准，因为今晚山林夜雨来势很猛，雨水已经涨满池子。
何时你我能重新聚首，一起在西窗下剪烛夜谈，
到时候我就可以给你叙说今日巴山夜雨的情景了。

精品赏析

七言绝句诗四句二十八字，诗人作此体往往惜字如金，尽可能地避免字面重复，但这首诗却打破常规，给诗歌的意境增添了无限的韵味。第一句“期”字两次出现，构成了时间上的回环往复；在第二、第四句“巴山夜雨”的两次出现，构成空间上的回环往复。诗人表达了自己归期无望的苦闷孤寂，却宕开一笔，想象归家之后和亲人谈起现时巴山夜雨的欢乐。现在的苦是为了未来的乐，未来的乐也正反衬了今日的苦。

五言律诗

送杜少府之任蜀川①

王　勃

原文

城阙辅三秦②，风烟望五津③。
与君离别意，同是宦游④人。
海内存知己，天涯若比邻⑤。
无为在歧路⑥，儿女共沾巾。

字词解释

①杜少府：其人不详。少府：县尉的通称，主捕盗。蜀川：一作蜀州。在今四川崇庆县。②城阙：指长安。辅：护卫。三秦：现陕西一带，古为秦国。项羽灭秦后，分其为雍、塞、翟三国。故称三秦。③五津：四川灌县至犍为一段的岷江上的渡口，即白华津、万里津、江首津、涉头津、江南津“五津”。此指蜀州一带。④宦游：为了做官远游在外。⑤海内：四海之内，指国内。比邻：近邻。古代五家为“比”。⑥无为：不要。歧路：岔路，

指与友人分离的地方。

译文

首都长安由三秦之地护卫着，你就要奔赴的蜀地，现在还是一片风烟迷茫。与你离别让我非常难过，因为我们都是远离家乡、外出做官的人。可是一想到这个世界上有了解自己的人，就算是天涯海角也跟亲密近邻一样。我们不要在分手的路口哭泣了，像小孩子那样让泪水打湿佩巾。

精品赏析

这是一首送别诗，但诗人不做寻常离别情绪的描写。前两句语言形象，气势磅礴，上句气象庄严浑厚，下句情感悠然不尽。第三、第四句的“与”字把主客双方联系在了一起，“同是宦游人”，离别的感伤相同，曲折缠绵。第五、第六句意境开阔，胸怀宽广，给人以鼓舞，结尾两句又高峰突起，充满豪迈之情。全诗着笔于互相勉励。格调高昂，充满乐观向上的时代精神。

望月怀远

张九龄

原文

海上生明月，天涯共此时。
情人①怨遥夜，竟夕②起相思。
灭烛怜光满，披衣③觉露滋。
不堪盈手④赠，还寝梦佳期。

字词解释

①情人：有情谊的人。②竟夕：整夜。③披衣：谓披上衣服走出户外。④不堪：不能。盈手：满手，满握。指不能把月光握在手中。

译文

海上升起了一轮明月，在这个美好的夜晚，远在天边的亲人和我一起在遥望着月亮。多情的人抱怨夜太长了，整整一夜后，思念之情变得更加浓烈。

吹灭了蜡烛，月光盈地，穿上衣服走到屋外望月，一阵阵凉意袭来，那是深夜露水的浸润。美好的月光只能遥望，却不能满满地捧给远方的亲人，还是回去睡觉吧，在梦中与亲人再次相聚。

精品赏析

这首诗是望月怀思的名篇，自古以来，夜晚皎洁的月光给了我们无限的遐思，望月思乡，望月思亲，这是关于月亮的诗歌不变的主题。诗人望见明月，立刻想到远在天边的亲人或许正与自己一样，望着月亮思念着对方。因为思念亲人，所以终夜相思，彻夜不眠。披上一件衣服，吹灭蜡烛，月光铺满屋子，觉得非常可爱。穿上衣服，出门看月，露水有些凉意，这样的美景让人陶醉。这样的美好月光，让作者突发奇想，希望能够采下来赠给远方亲人，他当然知道这是不可能的，所以决定回到室内，做个美梦，也许还能在梦中得到欢娱的相聚。诗的意境幽静秀丽，情感真挚。诗人写景抒情并举，情景交融。“海上生明月，天涯共此时”也成了千古佳句，万古流传。

临洞庭上张丞相[1]

孟浩然

原文

八月湖水平，涵虚混太清[2]。
气蒸云梦泽[3]，波撼岳阳城[4]。
欲济无舟楫，端居耻圣明[5]。
坐观垂钓者，徒有羡鱼情。

字词解释

① 此诗一题《临（望）洞庭湖赠张丞相》。唐玄宗开元二十一年（733）张九龄为相，诗人作此诗相赠，希望通过张九龄援引做官。洞庭：洞庭湖。张丞相：张九龄。② 涵虚：水汽弥漫。太清：天空。③ 气蒸：水势浩大。云梦泽：古代有云、梦二泽，在今湖南、湖北长江沿岸的低洼地区，后大部分因泥沙淤积成陆地，现在的洞庭是古时云梦泽的一部分。④ 岳阳城：今湖南岳阳。洞庭湖东岸。⑤ 端居耻圣明：为自己在圣明的时代闲居感到羞愧。端居：闲居、安居。

译文

八月的洞庭湖，湖水已经与岸齐平，看起来无边无际，大有吞并万里长天的气势。水汽朦胧，古老的云梦泽笼罩在其中，水波摇动，这种罕见的气势撼动了岳阳城。我一介书生，没有人供方便之舟过湖渡海，可是如果闲居端坐，会让圣明的君主蒙羞。现在我只能坐下来观看那些垂钓之人，只有羡慕他们的分儿，空有一腔抱负和热情。

精品赏析

诗人选取洞庭湖为切入点，首联描摹洞庭湖全景。八月的天空秋高气爽，湖水碧绿、浩阔无垠，湖面上烟波缥缈。颔联主要壮大湖水之声势。“气蒸云梦泽，波撼岳阳城”，写出云梦泽水汽氤氲，岳阳城都受到洞庭湖浪涛的摇撼。这时诗人大气磅礴的气势已经令人颇受震撼。颈联着重抒情，“欲济无舟楫，端居耻圣明”，诗人以“无舟楫”喻指自己希望入仕从政而无人替自己推荐的苦闷心情。

过故人庄

孟浩然

原文

故人具鸡黍①，邀我至田家。
绿树村边合②，青山郭③外斜。
开轩④面场圃，把酒话桑麻⑤。
待到重阳日⑥，还来就菊花。

字词解释

①具：准备。鸡黍：指丰盛的饭菜。黍：黄黏米。②合：围绕。③郭：本指外城，此指村寨。④轩：窗户。⑤桑麻：泛指农事。⑥重阳日：指九月九日重阳佳节，有登高、饮菊花酒的风俗。

译文

我的老朋友已经准备好了酒菜，邀请我去他的田园把酒言欢。碧绿的树木环绕着小村，村庄之外，青山绵延不断。打开窗子看着谷场和菜园，我们热烈地谈论着今年田里的作物长势如何。今天没有喝够，等到九月初九重阳节的时候，我定会再来与你喝酒赏菊花。

精品赏析

这首诗是孟浩然隐居湖北襄阳鹿门山时写的，通过对邀客、进庄、欢饮等几个场景的描写，反映了农家故人感情的朴实亲切，展示了田园风光的美丽宁静，也抒发了诗人对田园风光和农家生活的赞美。恬静秀美的田园风光和淳朴真挚的友情交织在一起，有景有情，情景交融，构成了和谐的画面，亲切感人。

辋川闲居赠裴秀才迪①

王　维

原文

寒山转苍翠，秋水日潺湲。
倚杖柴门外，临风听暮蝉。
渡头馀落日，墟里②上孤烟③。
复值接舆④醉，狂歌五柳前⑤。

字词解释

①辋川：河名，在今陕西蓝田终南山下，宋之问建有别墅。王维晚年得此别墅隐居。裴秀才迪：裴迪，王维好友。秀才：古时称士子为秀才。②墟里：村落。③孤烟：炊烟。④接舆：春秋时隐士陆通，字接舆。曾狂歌避世，此处指裴迪。⑤五柳：陶渊明在其住宅旁各栽五柳，自号“五柳先生”，曾作《五柳先生传》。此处为王维自比。

译文

寒山变得格外郁郁苍苍，秋水日日舒缓地流向远方。我拄杖伫立在茅舍的门外，迎风细听着那暮蝉的吟唱。渡头那边太阳快要落山了，村子里的炊烟一缕缕飘拂。又碰到裴迪如醉酒的接舆，在恰如陶潜的我面前歌狂。

精品赏析

这首诗主要描绘了辋川的迷人秋景，表达了诗人恬淡闲适的心情。本诗的首联和颈联写山水原野的深秋晚景，诗人选择富有季节和时间特征的景物：苍翠的寒山、缓缓的秋水、渡口的夕阳、墟里的炊烟，声色相宜，动静结合，美不胜收。诗人勾勒出一幅和谐幽静而又富有生机的田园山水画，表达了诗人与裴迪的闲居之乐。诗人将自己安逸的神态描绘得栩栩如生，诗中有画，画中有诗。历来被认为是山水诗歌的精品。

山居秋暝①

王 维

原文

空山新雨后，天气晚来秋。
明月松间照，清泉石上流。
竹喧归浣②女，莲动下渔舟。
随意春芳歇，王孙③自可留。

字词解释

①暝：傍晚。②浣：洗，洗衣。③王孙：作者自比。言秋色宜人，愿长此隐居林野。

译文

苍翠的山峦经过了一场风雨的洗礼，显得格外空寂，雨后的黄昏，一阵阵秋凉袭来。明月中天，月光洒在一片松林中间；清凉的泉水淌过山石，潺潺流去。竹林里传来一阵喧闹声，是洗衣的女子归来了。渔船驶向荷塘，荷叶纷纷披向两边。这美好的景色不会在乎春天花草是否消失，我正因为喜爱这里的美丽，所以会留驻在这里。

精品赏析

此诗作于王维居辋川时期。全诗前六句写景，最后两句抒情。诗歌从外物的描写指向内心，通过对诗情画意的山水寄托诗人高洁的情怀，表达了对隐逸生活的渴慕与向往。

汉江临眺

王　维

原文

楚塞三湘[①]接，荆门九派[②]通。
江流天地外[③]，山色有无中。
郡邑浮前浦，波澜动[④]远空。
襄阳好风日，留醉与山翁[⑤]。

字词解释

①楚塞：古楚国的边塞。因襄阳一带汉水为古楚国北境，故称楚塞。三湘：漓湘、潇湘、蒸湘的总称。②荆门：荆门山，位于今湖北省宜都西北。九派：指长江的九大支流。③“江流”句：形容江河气势磅礴，放眼望去，就像流在天外一样。④郡邑：指襄阳城。动：撼动。⑤山翁：指晋人山简。

译文

汉江流经古楚国的要塞连接三湘流水，在荆门山下汇合长江九大支流，形成连通东西的水路。地阔江远，远远望去，汉水似乎流到了天地之外。四周峰峦，山色朦胧，似有似无。襄阳城好像漂浮在汉水之上，江水连天，浩荡而去。襄阳风景如此美好，留下来与山翁共图一醉。

精品赏析

“楚塞三湘接，荆门九派通”，首句先勾勒出汉江雄浑壮阔的气势，为诗句的意境铺展道路。第一句写了江水的气势，第二句就把荆门的气魄渲染起来，从而以山光水色作为画幅的远景。以山衬水，诗人虽然着墨极淡，但是所用比喻新奇、绝妙，令人叫绝。诗人写完山水，就会表达一下自己对于山水的喜爱，这里他说要“留醉与山翁”，就是要与山简共谋一醉，这也体现了诗人对襄阳风物的热爱之情。诗人融情于景，情景交融，充满了积极乐观的情绪。

使至塞上①

王 维

原文

单车②欲问边，属国过居延③。

征蓬出汉塞，归雁入胡天。

大漠孤烟直④，长河⑤落日圆。

萧关逢候骑⑥，都护在燕然⑦。

字词解释

①唐玄宗开元二十五年（737），河西节度副大使崔希逸战胜吐蕃，唐玄宗命王维以监察御使的身份出塞慰问，访察军情。②单车：一辆车，这里指车辆少。③属国：典属国的简称。秦汉时的官名。这里代指使臣。是王维自指。居延：在今甘肃张掖县西北。④孤烟：烽火和燧烟。直：古代点烽火使用的是狼粪，烟向上飘，风吹不斜，很远都可以看到。⑤长河：黄河。⑥萧关：在今宁夏自治区固原县东南，候骑（jì）：骑马的侦察兵。⑦都护：当时边塞重镇的都护府长官，这里指河西节度使。燕（yān）然：即杭爱山，在今蒙古人民共和国境内。这里借指前线。

译文

带着不多的随从，我奉命出使边塞，车队已经过了居延古城。我就像那远飘的蓬草离开了中原，如北飞的大雁，进入了西域。大沙漠中孤烟直冲云霄，黄河弯弯曲曲流淌着，落日正圆。在萧关遇见骑马的侦察兵，报告说统帅在前线。

精品赏析

这首诗作于王维赴西域慰边的途中。描绘了塞外奇特、壮丽的风光，意象雄浑、境界阔大。“大漠孤烟直，长河落日圆”笔力苍劲，富有神韵，不是亲眼所见之景，是难以描绘得如此生动传神的。王维也把自己单车问边的孤寂情绪融入了广阔的自然景象的描绘之中。

渡荆门送别[①]

李　白

原文

渡远荆门外，来从楚国[②]游。
山随平野尽，江入大荒[③]流。
月下飞天镜[④]，云生结海楼[⑤]。
仍怜故乡水[⑥]，万里送行舟。

字词解释

①荆门：荆门山，在今湖北宜都县北，长江南岸，为楚蜀交界地。②楚国：长江出荆门，即古代楚国之地。③大荒：广阔的原野。④月下飞天镜：江中月影，如同空中飞下的天镜。⑤海楼：海市蜃楼。是云气折射出的各种影像。⑥怜：爱。故乡水：指从四川流过来的长江水，因为李白小时候生活在四川。

译文

乘船来到荆门山外，我辞别了家乡四川来到楚地游历。高山消退荒野出现，长江流进了广阔无际的平原大川。水中的月亮像是飞下来的天镜，云朵层层幻化出海市蜃楼。我依然喜爱这来自故乡的水，不远万里继续护送我的行舟。

精品赏析

唐玄宗开元十三年（725），25 岁的李白“仗剑去国，辞亲远游”，离开了蜀中，开始了他人生的第一次大漫游。此诗作于开元十四年（726），李白沿长江东下出蜀东时。诗中描绘了一路上两岸风景的变化，蜀中高山峻岭、故楚旷野平原，让第一次出蜀的李白兴奋不已，也蕴含着李白开朗喜悦的心情，青春的蓬勃朝气和对故乡的无限眷恋。全诗意境高远，意象奇伟，风格雄健飘逸。

送友人

李　白

原文

青山横北郭①，白水绕东城。
此地一为别，孤蓬②万里征。
浮云③游子意，落日故人情。
挥手自兹④去，萧萧班马⑤鸣。

字词解释

①郭：外城。②蓬：蓬草。蓬草随风漂泊不定，古诗常用以比喻远行的人。③浮云：因浮云四处飘荡，用来形容游子漂泊。④自兹：从此离开。⑤萧萧：马嘶鸣声。班马：离群的马。

译文

青山横亘在北城，还有清河环绕城东。我们在这里离别之后，你就会像孤飞的蓬草一样万里漂泊。飘浮不定的浮云，就像四处漂泊的你，而落日下山，亦如我与你告别之情。挥手从此告别离去，就像离群的马儿嘶鸣。

精品赏析

这首送别诗在环境刻画和气氛渲染上非常有特色，读者触景生情，能将诗人的愁绪读得更加透彻。颈联“浮云游子意，落日故人情”，不仅工整流畅，而且巧妙设喻，“浮云”和“游子意”、“落日”和“故人情”相互对照，象征着友人行踪不定，以后音信难通，诗人对朋友依依惜别，不忍就此别离的心情。整首诗自然美与人情美相互交织在一起，节奏明快，感情真挚感人，同时豁达乐观，哀而不伤。

赠孟浩然①

李　白

原文

吾爱孟夫子，风流天下闻。
红颜弃轩冕②，白首卧松云。
醉月频中圣③，迷花④不事君。
高山安可仰⑤，徒此揖清芬⑥。

字词解释

①此诗为孟浩然归南山时，李白的送行之作。②红颜：指年轻的时候。弃轩冕：放弃做官。轩：车。冕：礼帽。古时高官才可以乘车戴礼帽。③醉月：对月醉酒。中（zhòng）圣：指醉酒。④迷花：迷恋花草。这里指隐居。⑤高山安可仰：语出《诗经·小雅·车》："高山仰止，景行行止。"比喻孟浩然品行高洁。⑥徒此：唯此、只此。揖：抱拳作礼，致敬之意。清芬：指高洁的情操。

译文

我敬重孟浩然先生，他为人高尚风流潇洒。天下闻名，年轻时代鄙视功名，白首垂老也甘于山林宁静摒弃尘杂。对月饮酒，常常喝醉，他迷恋花草不事君王。高山似的品格怎么能仰望着他？只在此揖敬他芬芳的道德光华！

精品赏析

这是一首赠别诗。李白此时在襄阳一带漫游，与比他年长 20 余岁的孟浩然结下了深厚的友谊。全诗充满了诗人对孟浩然的敬仰和爱慕之心，首两句点明孟浩然潇洒风流，中间四句具体说明孟浩然的风度人品，顺势带出最后两句是诗人对孟浩然的由衷赞美，表现出诗人率真自然的感情。

题破山寺后禅院

常　建

原文

清晨入古寺[①]，初日照高林。
曲径通幽处，禅房花木深。
山光悦鸟性，潭影空人心。
万籁此俱寂，但馀钟磬[②]音。

字词解释

①古寺：指破山寺，在今江苏省常熟市虞山，南朝始建。②钟磬：寺院中诵经、斋供时敲打的响器。

译文

清晨，我来到这座古老的寺院，初升的太阳刚刚照进幽深的树林。小路曲曲折折，通向幽静的古寺，寺庙里禅房前花草非常茂盛。明亮的阳光唤醒鸟儿起来歌唱，潭水清澈，让人俗心消退。大自然的一切声响在此时全都停了下来，因为我耳边只有钟磬的声音回荡。

精品赏析

常建存诗很少，却在盛唐诗坛占有一席之地。此诗是常建享有盛名的山水诗。诗中抒写了清晨游览寺后禅院的所见、所感。意境幽远，兴象深微，表现了诗人闲雅适意的情调。

旅夜书怀

杜　甫

原文

细草微风岸，危樯独夜舟①。
星垂②平野阔，月涌大江③流。
名岂④文章著，官应老病休。
飘飘何所似？天地一沙鸥。

字词解释

①危樯：高高的桅杆。独夜舟：是说自己一个人孤零零地在船上。②星垂：星光从天上照了下来。③月涌：月亮在河水中的倒影，随水流涌。大江：指长江。④岂：表示反问的副词。

译文

微风吹拂着岸边的细草，夜里桅杆很高的小船在江上独行。星光下，广阔的原野看起来更加宽阔，月影恍惚，看着大江滚滚东流。我难道真的是因为文章而著名的吗？可是年老多病也就只好辞官养老了。自己一生漂泊无依像什么呢？其实最像天地间的一只无所依傍的沙鸥。

精品赏析

唐代宗永泰元年(765)，杜甫辞别严武，带着家人离开成都草堂，乘船东下，经渝州(今重庆)、忠州(今忠县)作此诗。诗的前半描写“旅夜”的所见所感。前两句写近景：微风吹拂着江岸上的细草，竖着高高桅杆的小船，一个人停在江边。这两句衬托出诗人的苍茫寂寞、沉郁无依的精神感受，后四句“抒怀”，通过叙述自己的处境和抱负，诗人将内心的漂泊无依、失意孤寂的情怀深刻地表现出来。全诗语言清丽，情感含蓄不尽，是诗人内心世界的真实反映。

月夜忆舍弟①

杜 甫

原文

戍鼓断人行②，秋边一雁声。

露从今夜白③，月是故乡明。

有弟皆分散，无家问死生。

寄书长不达④，况乃未休兵。

字词解释

①舍弟：对他人称自己的弟弟。杜甫有四弟：杜颖、杜观、杜丰、杜占。②戍鼓：戍楼上的更鼓。鼓后禁止行人往来。③露从今夜白：这天是白露节。④寄书长不达：指兄弟们分散各地，所寄家书很多没有回音。

译文

戍楼上的战鼓敲响，百姓无法正常出行，荒凉的边塞，只有一只秋雁在鸣叫。记得今夜旧时白露节气，可还是故乡的月亮才可以称得上是明亮。有兄弟却都分散了，没有家无法探问生死。寄往洛阳城的家书常常不能送到，何况战乱频繁没有停止。

精品赏析

杜甫此诗作于唐肃宗乾元二年（759）秋流寓秦州（今甘肃甘谷东）时，此时只有杜占与诗人在一起，其他兄弟散居河南、山东等地。诗中第一句提到戍鼓、雁声，塑造了一片凄凉的景象，将荒凉不堪的边塞塑造得更加冷落沉寂。“露从今夜白，月是故乡明”，诗篇把思家和忧国相联系，诗人微妙的心理，以及此时对故乡的感怀都让人心绪难平。全诗层次井然，结构严谨。全诗感情基调凄楚哀感，沉郁顿挫。

春 望

杜 甫

原文

国破山河在，城春草木深。
感时花溅泪[1]，恨别鸟惊心。
烽火连三月，家书抵万金[2]。
白头搔更短[3]，浑欲不胜簪[4]。

字词解释

① 溅泪：既可以理解为诗人因伤感时事看花落泪，也可认为是花儿为国事伤感落泪。②“家书”句：这句话说明战时收到家书非常不容易。③ 搔：抓头。短：少。④ 不胜：承受不了。簪：用来扎住头发的首饰。

译文

国都沦亡，但是山河依旧。时值春来，城内草木丛生。感伤时事，见花涕泪难禁。别离之情就算是鸟鸣也会心惊胆战。烽火不休，一直到了阳春三月。家书难求，家中音信难得。现在我是愁绪缠绕，白发越抓越少。头发稀少得连插簪都有些困难。

精品赏析

此诗作于唐肃宗至德二年（757）三月。当时安禄山占领长安，杜甫被困居长安。诗人感叹国事日非，人民离乱苦痛，也抒发诗人怀念亲人的感情。“国破山河在，城春草木深”，开篇就将国都沦陷、城池残破、乱草遍地的景象介绍给读者，并用一个“深”字和一个“破”字，给人满目凄然的感觉。全诗情景交融，感情深沉浓厚，而又含蓄凝练，具有诗人“沉郁顿挫”的独特艺术风格。

天末①怀李白

杜　甫

原文

凉风起天末，君子②意如何。
鸿雁③几时到，江湖秋水多。
文章憎命达④，魑魅⑤喜人过。
应共冤魂⑥语，投诗赠汨罗⑦。

字词解释

①天末：天边。秦州地处边塞，所以称天末。秦州的治所在今甘肃甘谷县东。一说甘肃天水。②君子：指李白。③鸿雁：音信。④文章憎命达：好文章都是在命运坎坷艰难时写出来的。⑤魑魅（chī mèi）：山神鬼怪。⑥冤魂：指屈原。屈原无罪被流放，投汨罗江而死。⑦汨（mì）罗：汨罗江，在今湖南湘阴县。

译文

秦州已经刮起了秋风，你的心情怎么样呢？传书的鸿雁什么时候可以到来，秋天的江湖水满风波多。好的文章都是在命运坎坷的时候写出来的，山妖水怪喜欢等待路人经过。想来你正和冤死的屈原交谈，我也要写诗投赠到汨罗江里了。

精品赏析

唐肃宗乾元二年（759）秋，杜甫在秦州，听说李白因罪被流放到夜郎（今贵州桐梓）的消息非常担忧，作此诗。首句便以秋风起兴，使全诗笼罩在悲愁的情绪之中，进而表达了对李白身世的同情和对李白的深沉怀念，并以屈原作比，表现了杜甫对李白品行的高度赞赏，情感千回百转，深沉蕴藉，有极为感人的艺术力量。其中“文章憎命达”也成为千古名句。

登岳阳楼①

杜　甫

原文

昔闻洞庭水②，今上岳阳楼。
吴楚东南坼③，乾坤④日夜浮。
亲朋无一字⑤，老病⑥有孤舟。
戎马⑦关山北，凭轩涕泗流。

字词解释

①岳阳楼：湖南岳阳城西门城楼，下临洞庭湖。唐张说出守岳州时筑。②洞庭水：即洞庭湖，是我国第二大淡水湖。③坼：划分。④乾坤：天地。⑤无一字：没有一点音信。字：这里指书信。⑥老病：年老多病。⑦戎马：军马，借指军事、战争。这年秋冬，吐蕃又侵扰陇右、关中一带地区。

译文

曾经听说过洞庭湖的盛名，今天终于登上岳阳楼观赏。浩瀚的湖水将吴楚分割成两个地方，天地日月星辰昼夜漂浮于湖面上。亲朋好友们音信全无，我现在年老多病，只能乘孤舟四处漂流。听说北方边关战事再起，我倚窗远望老泪纵横。

精品赏析

这首诗写诗人登岳阳楼时所见洞庭湖的景象，前四句描写登楼观湖的情景，后半部分抒情。通篇是“登岳阳楼”诗，却不局限于写“岳阳楼”与“洞庭水”。诗人将江水的壮阔和自己离乡背井、有家难归的处境相结合，感情悲伤，却不消沉、压抑。诗人心系国家安危，结合自己的身世处境，感情悲壮苍凉，催人泪下。

淮上喜会梁州①故人

韦应物

原文

江汉②曾为客，相逢每醉还。
浮云一别后③，流水十年间④。
欢笑情如旧，萧疏鬓已斑⑤。
何因不归去，淮上有秋山。

字词解释

①淮上：淮河边。梁州：今陕西南郑县。②江汉：即江汉。③“浮云”句：这是说两人分别后命运就像浮云一样不定，各自飘零流落。④“流水”句：比喻岁月如流水，一别十年。⑤萧疏：稀稀落落。斑：斑白，花白。

译文

我俩都曾经客居江汉，知音难求，每次相逢一定要喝酒畅谈，直到大醉方才回去。自从离别后，你我就像浮云一样四处飘游，转眼间十年时光如大江流水一般逝去难追。尽管时间过去这么久远，但我们的友情依然如故，只是无奈岁月催人老两鬓已斑白。你问我怎么还不回去？只不过是因为我贪恋淮上的秋山。

精品赏析

诗人偶遇故人，满怀欣喜，于是将在江汉做客期间与故人相逢时欢聚痛饮的故事重新叙述一遍，然后久别重逢，才发现两人都是两鬓斑白萧疏。十年的时间冲淡不了深厚的情谊，只是在自己身上留下了太多岁月的痕迹，但是最后诗人用“淮上有秋山”作结，这个结尾含蓄蕴藉，给人留下了许多想象的空间。

喜见外弟又言别[1]

李　益

原文

十年离乱后，长大一相逢。
问姓惊初见，称名忆旧容。
别来沧海事[2]，语罢暮天钟。
明日巴陵[3]道，秋山又几重。

字词解释

① 外弟：表弟。② 沧海事：这里指变幻莫测的人世。③ 巴陵：唐代郡名。

译文

你我都经历了十年的离乱，偶然在异地相逢，竟然互不认识。初见问起尊姓让我惊讶，等你说了名字就想起了旧时的样子。一别多年，世事多变，我们一起长谈直到了山寺敲响暮钟。这时才想起来明日你要去巴陵，这样我们兄弟又要相隔两地了。

精品赏析

这首诗描写兄弟两人久别重逢却又要分离的情景。诗人用白描的手法、悲情的笔调真实刻画了动乱时代亲友间流离失所、聚散离合的复杂情怀，语言凝练，描写生动，读来亲切感人。

赋得古原草送别①

白居易

原文

离离②原上草，一岁一枯荣。

野火烧不尽，春风吹又生。

远芳侵古道，晴翠接荒城。

又送王孙③去，萋萋④满别情。

字词解释

①诗题又名《草》。②离离：茂盛的样子。③王孙：本指贵族子弟，此指诗人要送别的人。④萋萋：草长得茂盛的样子。

译文

旷野上的野草茂盛稠密，每年枯萎而又复生。野火也烧不尽，春风吹来立刻蓬勃繁盛起来。远远望去芳草吞没了古老驿道，青翠的野草漫生在破败的荒城。又要送游子离乡远去，满腹离伤就像萋萋野草一样肆意蔓延。

精品赏析

白居易此诗作于唐德宗贞元三年(787),作者当时16岁,诗是应考的习作。按科考的规定，凡指定、限定的诗题。题目前须加“赋得”二字。诗题解释开来就是：用古原草写送别之情。诗歌的前六句都是写古原草的特征，尤其“野火烧不尽，春风吹又生”两句，把古原草旺盛的生命力刻画得淋漓尽致，而这一切都是为写“送别”之情蓄势，具有旺盛生命力的野草正如诗人送别友人的情感，烧不尽斩不绝。全诗意境浑成，“野火烧不尽，春风吹又生”两句更是脍炙人口的名句。

七言律诗

登金陵凤凰台[1]

李　白

原文

凤凰台上凤凰游，凤去台空江自流。
吴宫花草[2]埋幽径，晋代衣冠成古丘[3]。
三山[4]半落青天外，二水中分白鹭洲[5]。
总为浮云能蔽日[6]，长安[7]不见使人愁。

字词解释

①金陵：今江苏南京。凤凰台：在今南京市凤凰山。②吴宫：三国时吴国的宫殿。花草：宫殿里的奇花异草。③衣冠：指声名显赫的豪门大族。古丘：古坟。④三山：在金陵西南长江东岸，为金陵屏障，故又称护国山。⑤二水中分白鹭洲：白鹭洲在长江中，秦淮河西入长江被白鹭洲一分为二。⑥浮云、蔽日：比喻奸臣蒙蔽君主。⑦长安：用国都指代皇帝，长安是唐朝的都城。

译文

传说凤凰台上曾经有凤凰来过，现在凤凰飞走了，只留下一座空台和一江东流水。无论是当年华美的宫殿还是权倾一时的达官显贵们，都已经被历史的烟尘湮灭。只有风景还在，远处的三山挺拔耸立在青天之外，白鹭洲将秦淮河一分为二。抬头看见浮云随风飘荡，甚至把太阳遮住，因为看不见长安城，所以更加让人忧愁。

精品赏析

这首诗是一首怀古诗，诗人将文物古迹、历史典故和自己的独特感受、历史观点等交织在一起，表达诗人吊古伤今、忧国忧民的情怀。

李白将凤凰台的景象和金陵古城的破败介绍了一下，但又将深邃的目光投向大自然的景观中，之后笔锋一转，“总为浮云能蔽日，长安不见使人愁”，情景交融，吊古伤今，让人久久不能释怀。

黄鹤楼[1]

崔　颢

原文

昔人已乘黄鹤去，此地空余黄鹤楼。
黄鹤一去不复返，白云千载空悠悠。
晴川历历汉阳[2]树，芳草萋萋鹦鹉洲。
日暮乡关[3]何处是，烟波江上使人愁。

字词解释

① 黄鹤楼：江南名楼，在今湖北武昌。《南齐书・州郡志》载：有仙人王子安驾黄鹤路经此地，因而得名。②晴川：阳光照耀下的江水，指长江。历历：清晰可数。汉阳：武汉三镇之一，在今武汉汉阳。③ 乡关：故乡。

译文

传说中的仙人早就坐着黄鹤飞走了，这地方只留下这座黄鹤楼。黄鹤飞去不会再回来，千百年来只有白云依然悠闲舒展。晴天的时候，隔江遥望，平原上树木清晰可辨，鹦鹉洲的芳草依旧茂盛青葱。日薄西山，不知何处才是我家乡？看着这浩瀚的大江让人愁心万丈！

精品赏析

这首诗前半部缅怀古人，后半部写登楼所见所感，抒发了登临吊古、怀土思乡的感情。写景抒情，自然流畅，意境恢宏豪放。严羽《沧浪诗话》说："唐人七言律诗，当以崔颢《黄鹤楼》为第一。传说李白登黄鹤楼见此诗，曾发出'眼前有景道不得，崔颢题诗在上头'。"

蜀　相①

杜　甫

原文

丞相祠堂何处寻，锦官城外柏②森森。
映阶碧草自春色，隔叶黄鹂空好音。
三顾③频繁天下计，两朝开济④老臣心。
出师未捷身先死⑤，长使英雄泪满襟。

字词解释

①蜀相：指诸葛亮，三国时蜀国丞相。②锦官城：即今四川成都。柏：武侯祠前有一株老柏树，据说是诸葛亮亲手种植的。③三顾：诸葛亮隐居南阳，刘备曾三顾茅庐。④两朝：蜀汉先主刘备和后主刘禅。开济：开创基业，守护基业。⑤出师未捷身先死：蜀汉建兴十二年诸葛亮伐魏，据五丈原隔渭水与魏军对峙，胜负未决，病死军中。

译文

在哪里能找到武侯诸葛亮的祠堂？就在成都城外那柏树茂密的地方。碧绿的青草照映着台阶，树中的黄鹂声音还是这么婉转。三顾茅庐终于请动先生出山，辅佐两朝开国与基业，让一位忠心老臣操碎了心。只可惜出师没有成功而病亡军中，常常使历代英雄们想起来就泪流不止！

精品赏析

这是一首咏史诗，诗的前四句通过写祠堂的景色，在描写中对千古名臣诸葛亮的仰慕之情溢于言表。诗的后四句是对诸葛亮进行评论，诗人盛赞诸葛亮的丰功伟绩，并为他未能施展抱负完成统一大业的毕生心愿而感到遗憾。诗歌的最后两句是全诗的点睛之笔，一语道出千古失意英雄的心中话语，也是抒发自己怀才不遇的悲愤心情。

闻官军收河南河北[1]

杜　甫

原文

剑外忽传收蓟北[2]，初闻涕泪满衣裳。

却看[3]妻子愁何在？漫卷[4]诗书喜欲狂。

白日放歌须纵酒，青春[5]作伴好还乡。

即从巴峡穿巫峡，便下襄阳向洛阳[6]。

字词解释

①唐代宗宝应元年（762）十月，唐朝各路大军从陕州发起反攻，再度收复洛阳，平定河南。十一月进军河北，次年正月，史朝义（史思明之子）兵败自杀。长达七年三个月的安史之乱终于至此结束。②剑外：剑阁以南，蜀地的代称。蓟北：今河北北部，叛军根据地范阳一带。③却看：回看。④漫卷：胡乱地卷，意指自己高兴得失去了常态。⑤青春：明媚的春天。⑥“即从”两句：是诗人想象中的回家路线。即从巴峡穿过巫峡到襄阳，然后由陆路回洛阳。巴峡：四川东北部巴江的峡谷。巫峡：在今四川巫山县东，长江三峡之一。襄阳：今湖北襄阳。

译文

剑南忽然传来收复蓟北的消息，刚刚听到此消息悲喜交集，涕泪沾满了衣裳。回头看看妻子儿女，忧愁不知去向。胡乱收卷诗书，我高兴得快要发狂！白天我一定要开怀痛饮，放声纵情歌唱，明媚春光和我做伴，我好启程还乡。仿佛觉得，我已从巴峡穿过了巫峡，很快便到了襄阳，旋即又奔向洛阳。

精品赏析

这是一首叙事抒情诗，唐代宗广德元年（763），延续七年多的安史之乱终于结束了，作者听闻蓟北光复，喜极而泣，以饱含喜悦之情的笔墨写下了这首脍炙人口的诗篇。一场浩劫终于过去了，自己可以返回故乡，将要开始新的生活，诗人喜不自胜，手舞足蹈，没有半点掩饰，情真意切。脉络流畅，丝丝入扣。因此，历代诗论家都极为推崇这首诗，对这首诗的评价非常高。被称为杜甫“平生第一首快诗”。

宿　府①

杜　甫

原文

清秋幕府井梧寒，独宿江城蜡炬残。
永夜②角声悲自语，中庭月色好谁看。
风尘荏苒③音书断，关塞萧条行路难。
已忍伶俜十年事④，强移栖息一枝安⑤。

字词解释

①宿府：宿于幕府。幕府：指地方长官或节度使的衙门。②永夜：长夜。③风尘荏苒：喻战乱不绝。荏苒，犹辗转。④“已忍”句：指自天宝十四年（755）安禄山发动叛乱至写此诗，已忍受了十年的伶俜生活。伶俜，飘零之意。⑤“强移”句：用《庄子·逍遥游》“鹪鹩巢于深林，不过一枝”意，喻自己之入严幕，原是勉强以求暂时的安居。

译文

入秋后幕府井边梧桐疏寒，独宿江城夜夜独看残烛暗淡。长夜号角声就像人的悲语，中天月色姣好却无人有心情欣赏。乱世漂泊已经失去了亲朋的音信，关塞零落萧条，行路十分艰难。忍受困苦，我颠沛流离了十年，勉强栖息一枝，暂借幕府偷安。

精品赏析

这首诗是写诗人夜宿幕府之中的旅愁，心境凄凉、百无聊赖之感。前四句写景，后四句抒情。首联写独宿江城，心境清寒；颔联写在那里的所闻所见；颈联写战乱未息，与亲朋断绝音信；末联写漂泊十年，如今暂且栖安。全诗表达了作者悲凉深沉的情感，流露了诗人感怀时事和伤悼自己命运的心绪。

阁夜

杜 甫

原文

岁暮阴阳催短景①，天涯霜雪霁寒宵。
五更鼓角声悲壮，三峡②星河③影动摇。
野哭几家闻战伐④，夷歌数处起渔樵⑤。
卧龙⑥跃马⑦终黄土，人事音书漫寂寥。

字词解释

①阴阳：指日月。短景：指冬季日短。景，日光。②三峡：指瞿塘峡、巫峡、西陵峡，瞿塘峡在夔州东。③星河：星辰与银河。④“野哭”句：意谓从几家野哭中听到战争的声音。几家，一作“千家”。⑤“夷歌”句：意谓渔人樵夫都唱着夷歌，由此可见夔州的僻远。夷，指当地少数民族。⑥卧龙：指诸葛亮。⑦跃马：指公孙述。述在西汉末年曾乘乱据蜀，自称白帝。这里用西晋左思《蜀都赋》“公孙跃马而称帝”意。诸葛亮和公孙述在夔州都有祠庙，故诗中及之。这句是贤愚同尽之意。

译文

时令到了寒冬，日子就越来越短，天涯漂泊，在这霜雪初散的寒宵。五更时听到战鼓号角，悲壮莫名，三峡倒映着银河星辰，随波动摇。野外几家哭声，传来战争的讯息，数处渔人樵夫，唱起夷族的歌谣。不管是诸葛亮还是公孙述，一样终成黄土，人事变迁音书断绝，我心里觉得寂寥孤独。

精品赏析

这首诗是诗人在大历元年（766）寓于夔州西阁所作。全诗写冬夜景色，有伤乱思乡的之意。首联点明冬夜的时间背景，颔联写夜中所闻所见，颈联写拂晓所闻，末联写极目武侯、白帝两庙而引出的感慨。以诸葛亮和公孙述为例，说明贤愚忠逆都同归于尽，个人的寂寞就更无所谓了。全诗气象雄阔，俯仰古今，让读者心生无限感慨。

钱塘湖[1]春行

白居易

原文

孤山寺北贾亭[2]西，水面初平云脚[3]低。
几处早莺争暖树，谁家新燕[4]啄春泥。
乱花渐欲迷人眼，浅草才能[5]没马蹄。
最爱湖东行不足[6]，绿杨阴里白沙堤[7]。

字词解释

①钱塘湖：西湖别称。②孤山寺：在西湖中后湖与外湖之间就是孤山，山上有一座孤山寺。贾亭：又名贾公亭。③云脚：指雨前或雨后水面上浮动的云气。④新燕：刚从南方回来的燕子。⑤才能：刚刚能够。⑥行不足：言流连忘返，游兴未阑。⑦白沙堤：即白堤，又称沙堤或断桥堤。

译文

从孤山寺的北面一直到贾亭的西边，湖水与河堤平行，云气不散，笼罩湖面。几只早起的黄莺争着飞到向阳暖枝，刚从南方回来的燕子忙着衔泥筑巢。春花繁盛，渐渐让人眼花缭乱，春草初发，刚刚才能遮没马蹄。我最喜爱西湖东边的美景，还有那绿杨浓荫下的白沙堤也是一个好风景。

精品赏析

全诗紧紧围绕春行展开描绘。诗人在初春时节缘湖堤而行，西湖的山光水色皆入眼中。诗以作者为中心，描绘了西湖东西南北、远近高低的不同风景，形成了一幅时空和谐、立体感十分强烈的美丽画面。山水如画，人在画中行，不仅描绘了西湖初春的迷人景致，也表现了作者喜爱西湖风光的喜悦心情。

登 高

杜 甫

原文

风急天高猿啸哀，渚[1]清沙白鸟飞回。
无边落木萧萧下，不尽长江滚滚来。
万里悲秋常作客[2]，百年[3]多病独登台。
艰难苦恨繁霜鬓，潦倒新停浊酒杯。

字词解释

① 渚：水中小洲。② 万里：指夔州和故乡洛阳和长安非常遥远。作客：客居他乡。③ 百年：一生。古人以上寿为百年。

译文

风急天高猿声悲凉，水清沙白归鸟回旋飞翔。木叶茫无边际萧萧而下，浩浩长江滚滚而来。深秋时节，我离家万里常年困居在他乡，一生身体多病，而如今却一个人在这里登高望远。生活的艰难困苦和国难家愁，使我的白发日渐增多，再加上最近穷困潦倒，连不好的浊酒也喝不上了。

精品赏析

此诗作于唐代宗大历二年（767）秋，杜甫在夔州之时。前四句写登高所见，极力描绘长江秋景。后四句即景抒情，倾诉了诗人多年漂泊、老病孤愁的复杂感情。全诗慷慨激扬，动人心弦。明杨伦称此诗为“杜集七言律诗第一”“一篇之中，句句皆律，一句之中，字字皆律”。其中“无边落木萧萧下，不尽长江滚滚来”更成为脍炙人口的千古名句。

咏怀古迹·其三

杜　甫

原文

群山万壑赴荆门[①]，生长明妃尚有村[②]。
一去紫台连朔漠[③]，独留青冢[④]向黄昏。
画图省识春风面[⑤]，环佩空归月夜魂[⑥]。
千载琵琶作胡语，分明怨恨曲中论。[⑦]

字词解释

①荆门：荆门山。②明妃：即王昭君，汉元帝宫人，晋时因避司马昭名讳改称明君，后人又称明妃。昭君村在归州（今湖北秭归县）东北四十里，与夔州相近。尚有村：还留下生长她的村庄，即古迹之意。③紫台：汉宫。朔漠：北方沙漠，指匈奴所居之地。④青冢：王昭君墓，在今内蒙古呼和浩特西南。⑤“画图”句：意谓元帝对着画图岂能看清她的美丽容颜。⑥“环佩”句：意谓昭君既死在匈奴不得归，只有她的魂能月夜归来，故曰“空归”。⑦“千载”两句：琵琶本西域胡人乐器，相传汉武帝以公主（实为江都王女）嫁西域乌孙，公主悲伤，胡人乃于马上弹琵琶以娱之。因昭君事与乌孙公主远嫁有类似处，

故推想如此。又《琴操》也记昭君在外，曾作怨思之歌，后人名为《昭君怨》。作胡语，琵琶中的胡音。曲中论，曲中的怨诉。

译文

千山万壑逶迤不绝奔赴荆门，此地还保存着王昭君生长的山村。一别汉宫她嫁到北方的荒漠，这里只留下青冢一座面向着黄昏。凭看画图汉元帝怎么能看清她的花容月貌，昭君佩戴玉饰徒然月夜归魂。千载流传她作的胡音琵琶曲，曲中倾诉的分明是满腔悲愤。

精品赏析

这是杜甫经过昭君村时所作的咏史诗。诗人吊古伤今，想到昭君生于汉地，却在塞外了却一生，去国之怨，难以言表。诗人一边同情昭君，一边感慨自身。沈德潜评语："咏昭君诗此为绝唱。"将诗人的怨恨和昭君的怨恨连为一体，让诗歌的意境更为高远。

咏怀古迹·其四

杜 甫

原文

蜀主窥吴幸①三峡，崩年亦在永安宫②。
翠华③想象空山里，玉殿虚无野寺中。
古庙杉松巢水鹤，岁时伏腊走村翁。
武侯祠屋常邻近④，一体君臣祭祀同⑤。

字词解释

①蜀主：指刘备。窥吴：对吴有企图。幸：旧称皇帝踪迹所至曰“幸”。②崩：古诗帝王死称“崩”。永安宫：三国时刘备建于鱼复（今重庆奉节）白帝城。后改鱼复为永安。③翠华：皇帝仪仗中用翠鸟羽毛作装饰的旗帜。④“武侯”句：诸葛亮曾封武乡侯，其祠在先主庙西。常，一作“长”。⑤“一体”句：正因他们君臣一体，情分特密，故也一同祭祀。顾宸所谓“平日抱一体之诚，千秋享一体之报”。

译文

刘备图谋东吴曾到达三峡，他驾崩时也在白帝城的永安宫。来到此地，脑海里还闪现着仪仗旌旗在空山飘扬的情景，可惜玉殿在荒郊野寺中，意境难寻影踪。古庙的松杉树上水鹤筑巢栖息，每年都有在三伏、腊月跑来祭祀的村翁。诸葛武侯祠长年与之为邻，生前君臣一体，死后的祭祀相同。

精品赏析

这首诗是推崇诸葛亮与刘备的君臣关系。作者借村翁野老对他们的祭祀，烘托其遗迹之流泽。也是诗人将自己的状况进行对比后的暗自心伤，诗人一生漂泊，没有得到当权者的重用，一生的抱负最终辜负，而忧国忧民的情怀却没有忘却。

咏怀古迹·其五

杜　甫

原文

诸葛大名垂宇宙，宗臣遗像肃清高[①]。
三分割据纡筹策[②]，万古云霄一羽毛。
伯仲之间见伊吕[③]，指挥若定失萧曹[④]。
运移汉祚[⑤]终难复，志决身歼军务劳。

字词解释

①宗臣：世所崇尚的重臣。肃清高：为其清高而肃然起敬。②三分割据：指魏、蜀、吴鼎立。纡筹策：曲折周密地展运策略。③伯仲之间：伯仲本指兄弟，这里是说不相上下。伊吕：伊尹、吕尚。④指挥若定：言诸葛亮治政用兵从容镇定。失萧曹：意谓萧、曹虽也是忠臣，比之诸葛亮未免不及。⑤祚：江山社稷。

译文

诸葛亮的英名永垂青史，千古流芳；看到世人所尊崇的重臣遗像，一派肃穆清高。天下三分的局势，是经他策划运筹；千百年来，他才能像鸾凤展翅高飞。他辅佐刘备，同伊尹吕尚难分上下；指挥从容镇定，萧何曹参不能超过他。时运不好，汉室基业实在难于复兴；心志虽坚，终因军务繁艰死于积劳。

精品赏析

诗人进谒武侯祠而追怀诸葛亮的丰功伟绩，表达了诗人对于武侯的无限崇拜之情。全诗以议论为主，称颂诸葛亮的英才和智慧，惋惜他壮志未酬。诗议而不空，句句含情，层层深入，动人心魄。

江州重别薛六柳八二员外①

刘长卿

原文

生涯岂料承优诏②，世事空知学醉歌。
江上月明胡雁③过，淮南木落楚山多。
寄身且喜沧洲④近，顾影无如⑤白发何。
今日龙钟人共老，愧君犹遣慎风波⑥。

字词解释

①江州：今江西九江。薛六：薛弁，曾官水部员外郎。柳八：柳浑，曾官祠部员外郎。员外：员外郎简称。②优诏：朝廷免罪优容之诏。③胡雁：北方飞来的大雁。④沧洲：滨海之处。⑤无如：无奈。⑥愧君犹遣慎风波：还要你教导我谨慎世间风波，真的很惭愧。

译文

平生怎么会料到还会等到优待的诏书，世事茫然我只知醉酒狂歌。江上明月高照，一排排鸿雁飞过，淮南木叶零落漫山遍野皆是。寄身江州我真喜欢离海滨较近，顾影自怜满头白发也无可奈何。如今我老态龙钟不被人所喜欢，还要你教导我谨慎世间风波，真是惭愧啊。

精品赏析

作者一生中两次遭贬。此诗是他第二次贬往南巴（今广东茂名南）经过江州与二友人话别时写的。诗人虽遭贬谪，却说“承优诏”，这是有意如此，将胸中的不平压抑至此。明明是老态龙钟，白发丛生，顾影自怜，无可奈何，却说“寄身且喜沧洲近”，把本来凄凉的心境委婉地抒发出来。全诗虽感叹身世，抒发悲愤，却不敢面对当权而直言心中不满，其矛盾心绪，溢于言表。

长沙过贾谊宅①

刘长卿

原文

三年谪宦此栖迟②，万古惟留楚客③悲。
秋草独寻人去后，寒林空见日斜时。
汉文有道恩犹薄④，湘水无情吊岂知⑤。
寂寂江山摇落处，怜君何事到天涯。

字词解释

①刘长卿两次被贬，此为被贬江西之后作。贾谊：西汉贾谊曾被贬为长沙王太傅。②谪宦：官吏被贬职流放。栖迟：居留。③楚客：指贾谊，也包括自己和别的游人。长沙古属楚国境。④“汉文”句：汉文帝开启汉朝“文景之治”，但他始终不能重用贾谊，最后又出谊为梁怀王太傅，梁怀王坠马死，谊因此也抑郁而死。⑤“湘水”句：贾谊往长沙，渡湘水时，曾为赋以吊屈原。

译文

在长沙谪居了三年，千秋万代，您留给了楚地游客无穷的哀怨。野草蔓生，故地难找贾太傅当年的踪迹；夕阳斜照的树林，只见秋色寒烟。汉文帝号称明君，还这么寡恩屈才；湘江水悠悠无情，怎理解凭吊情怀！草木凋残，江山寂寞，叹息公当年为何流落天涯？

精品赏析

此诗是作者被贬潘州南巴（今广东茂名南）的路上经长沙时所作。全诗慨叹贾谊的遭遇，同情贾谊，实际也是暗喻自身遭遇贬谪，以此表达自己的忧愤。首联点题，讲述了贾谊在长沙的被贬生活，颔联写古宅萧条冷落的景色，一派黯然景象。颈联写当年贾谊作赋，凭吊屈原，隐约联系自己而今凭吊贾谊。尾联抒发自己放逐天涯的哀婉喟叹。全诗语言含蓄蕴藉，感情幽怨含恨，评议有序，抒情含蓄而深沉。

自夏口至鹦鹉洲夕望岳阳寄源中丞[1]

刘长卿

原文

汀洲[2]无浪复无烟，楚客[3]相思益渺然。
汉口夕阳斜渡鸟，洞庭秋水远连天。
孤城背岭寒吹角[4]，独树临江夜泊船。
贾谊上书忧汉室，长沙谪去古今怜。

字词解释

①此诗作于刘长卿被贬途经汉水时。夏口：今湖北武昌。鹦鹉洲在今武汉西南长江中，因东汉祢衡在此作《鹦鹉赋》而得名。岳阳：今湖南岳阳。源中丞：即源休。曾任御史中丞，后贬岳州（今湖南岳阳）源中丞也有本写作“元中丞”。②汀洲：水中可居之地，指鹦鹉洲。③楚客：刘长卿自指。夏口古属楚国境。④孤城：指汉阳城，城后有山。角：古代军队中的一种吹乐器。

译文

从鹦鹉洲看洞庭湖，浪涛平静不见云烟，我的相思情意怅惘无边。夕阳斜照着归鸟斜飞过汉水，洞庭秋色无边，波光连长天。汉阳城后的山岭，夜风悲号无尽，独树临着大江，岸畔停泊着迁客的帆船。贾谊上书担心汉室的安危，最后被贬谪长沙的结局令人长久哀怜。

精品赏析

此诗是诗人抚景感怀之作。诗人同样是歌咏贾谊，借怜贾谊贬谪长沙，喻自己遭贬境遇。全诗以写景为主，但处处切题，抒发被贬南巴的感慨。“古今怜”三字直言千古人心，让古今被贬失意之人无不赞叹泣泪。全诗景中寓情，凄恻动人。

登柳州城楼寄漳、汀、封、连四州刺史①

柳宗元

原文

城上高楼接大荒②，海天愁思正茫茫。
惊风乱飐芙蓉③水，密雨斜侵薜荔④墙。
岭树重遮千里目，江流曲似九回肠。
共来百越文身地⑤，犹自音书滞一乡。

字词解释

①唐顺宗永贞元年（805），柳宗元因为参加王叔文领导的政治革新运动失败，与刘禹锡等八人同时被贬为州郡司马，被称为“八司马”。唐宪宗元和十年（815），柳宗元等五人另有任命：柳宗元为柳州刺史、韩泰为漳州刺史、韩晔为汀州刺史、陈谏为封州刺史、刘禹锡为连州刺史。此诗是柳宗元初到柳州时寄赠其他四人的诗作。柳州：在今广西。漳州：在今福建。汀州：今福建长汀。封州：今广东封川。连州：今广东封县。②大荒：旷野。③惊风：狂风。飐（zhǎn）：吹动。芙蓉：荷花。④薜荔：一种蔓生植物。⑤百越：指岭南少数民族之地。文身：在身体上刺花纹。当时少数民族喜为之。文身地：

意指蛮荒之地。

译文

柳州城上的高楼与旷野荒原相连，我们的愁绪像茫茫的海天一样宽广。阵阵狂风吹乱了水上的荷花，天上雨点密集斜打着爬满薜荔的土墙。岭上树木万里重叠遮住了远望的视线，柳江曲曲折折就像百结九转的愁肠。咱们五人同时遭贬，到秦岭以南的蛮荒之地，而今依然音书不通，各自滞留一方。

精品赏析

柳宗元与韩泰、韩晔、陈谏、刘禹锡都因参加王叔文领导的永贞革新运动而遭贬。后来五人都被召回，虽然有人主张起用他们，终因有人梗阻，他们再度被贬。这首诗就是在这样的情况下完成的。他们的际遇相同，多年时间建立了真挚的友谊，即使天各一方，依然彼此关心。诗的首联先写柳州，再总写五人分处之地都是边荒。颔联写夏日柳州景物，写景，报告当地气候。颈联写远景，写相望之勤，相思之苦，融情入景。尾联写五人遭际，天各一方，音书久滞。

这首抒情诗，赋中有比，象中含兴，情景交融，楚楚动人。

西塞山①怀古

刘禹锡

原文

王濬溶楼船下益州[②]，金陵[③]王气黯然收。
千寻铁锁沉江底[④]，一片降幡[⑤]出石头[⑥]。
人世几回伤往事，山形依旧枕寒流。
从今四海为家[⑦]日，故垒[⑧]萧萧芦荻秋。

字词解释

①西塞山：在今湖北大冶东面长江边。②“王濬”句：王濬，字士治，弘农湖县（今河南灵宝西南）人，官益州刺史。③金陵：今江苏南京，三国时吴国都城。④“千寻”句：当时吴国曾于江中锁以铁链，王濬用大火炬将它烧断。千寻：古时八尺曰寻，这里只是形容其长。⑤降幡：降旗。⑥石头：石头城，故址在今南京清凉山，吴孙权时所筑，唐武德时废。⑦四海为家：意即天下统一。⑧故垒：指西塞山，也包括六朝以来的战争遗迹。

译文

晋代王濬乘楼船自成都东下，金陵帝王瑞气自此黯然而收。吴国没用千寻铁链挡住晋国大军，一面投降白旗在金陵城头悬挂。人间有几回兴亡的伤心往事，而高山依旧枕着寒流千年未变。从此四海之内尽归一家，故垒萧条长满芦荻秋风飒飒。

精品赏析

这首诗吊古抚今，表达了山河依旧、人事不同的感慨。诗的前四句，记叙了西晋东下灭吴的历史事实，表达了国家统一是历史的必然趋势，阐发了事物兴废决定于人的思想。后四句写西塞山，指出这里曾是军事要塞，世事轮回而今山形依旧，可是人事全非，拓开了诗的主题。最后写今日四海为家，江山统一，像六朝那样的分裂，已经一去不复返了。全诗寓意深广，言辞酣畅。

锦　瑟①

李商隐

原文

锦瑟无端②五十弦，一弦一柱思华年。
庄生晓梦迷蝴蝶③，望帝④春心托杜鹃。
沧海月明珠有泪⑤，蓝田⑥日暖玉生烟。
此情可待成追忆，只是当时已惘然⑦。

字词解释

①锦瑟：绘有织锦饰纹的瑟。瑟：古代的一种弦乐器。②无端：没有来由。③庄生：庄子。迷蝴蝶：庄子做梦自己变成了蝴蝶，醒后弄不清是自己变成了蝴蝶，还是蝴蝶变成了自己。④望帝：杜宇，古代蜀国君主传说，死后化为杜鹃鸟。⑤珠有泪：典出古有鲛人落泪成珠的传说。⑥蓝田：陕西著名的产玉地。⑦惘然：迷惑不清。

译文

锦瑟有五十条弦的说法，也不知道是什么来由，不管怎样它的一弦一柱都足以灌注对美好年华的思念。庄周知晓自己在梦中向往自由自在的蝴蝶，望帝原本美好的心灵和作为却能感化杜鹃。海水中明月的倒影像是眼泪凝聚成的珍珠，而只有蓝田的日光才能生成质美迷人的良玉。这种对美好事物的追思只能留在回忆之中了，可惜当时的人们看待那些事过于平淡，不懂得去珍惜。

精品赏析

李商隐的“无题”诗被称为“诗谜”，而这首《锦瑟》是最有诗谜色彩的作品，也是李商隐的代表作之一。这首诗语言含蓄而诗意浓厚，但主旨却不甚明了，历来众说纷纭，有人认为喻指政事，有人认为写爱情，有人认为是作者自伤坎坷的人生命运，此诗题《锦瑟》也是取用首句前两个字，是一首名副其实的智者见智、仁者见仁的无题诗。在艺术表现上，多用典故和比喻象征手法，意境凄婉怅惘。

无 题

李商隐

原文

昨夜星辰昨夜风，画楼西畔桂堂①东。
身无彩凤双飞翼，心有灵犀②一点通。
隔座送钩③春酒暖，分曹射覆④蜡灯红。
嗟余听鼓应官⑤去，走马兰⑥台类转蓬。

字词解释

①画楼、桂堂：都是比喻富贵人家的屋舍。②灵犀：旧说犀牛有神异，角中有白纹如线，直通两头。③送钩：也称藏钩。古代腊日的一种游戏，分二曹以较胜负。把钩互相传送后，藏于一人手中，令人猜。④分曹：分组。射覆：在覆器下放着东西令人猜。分曹、射覆未必是实指，只是借喻宴会时的热闹。⑤鼓：指更鼓。应官：犹上班。⑥兰台：即秘书省，掌管图书秘籍。李商隐曾任秘书省正字。这句从字面看，是参加宴会后，随即骑马到兰台，类似蓬草之飞转，实则也隐含自伤飘零意。

译文

昨夜星光璀璨凉风习习，在画楼西畔、桂堂之东摆设酒宴。虽然不是生有双翼的彩凤，不能比翼齐飞，但是我们的内心却像灵犀一样，感情息息相通。隔座对饮春酒暖心，互相猜钩嬉戏，分组来行酒令，决一胜负，烛光泛红。终于听到五更鼓不得已上朝点卯，策马赶到兰台，感觉自己就是随风飘转的蓬蒿。

精品赏析

此诗是写诗人昨夜遇见意中人的情景及“听鼓应官”不得不离去的感伤之情。李商隐的无题诗往往注重抒写人物的心理活动，打破时空的顺序，时间与场所的交错展现，大幅度跳跃，并且采用虚实结合的手法，使诗歌的意境变幻迷离，难以确指。此诗即为典型之作。

无 题

李商隐

原文

来是空言去绝踪，月斜楼上五更钟。

梦为远别啼难唤，书被催成墨未浓。

蜡照半笼金翡翠①，麝熏微度绣芙蓉②。

刘郎③已恨蓬山远，更隔蓬④山一万重。

字词解释

①半笼：半映。指烛光隐约，不能全照床上被褥。金翡翠：指饰以金翠的被子。《长恨歌》："翡翠衾寒谁与共。"②麝：本动物名，即香獐，其体内的分泌物可作香料。这里即指香气。度：透过。绣芙蓉：指绣花的帐子。③刘郎：相传东汉时刘晨、阮肇一同入山采药，遇二女子，邀至家，留半年乃还乡。后也以此典喻"艳遇"。④蓬山：蓬莱山，指仙境。

译文

你说相会只不过是空话，分别后又不见踪影；醒来楼上斜月空照，听得晓钟初鸣。梦里因为感伤远别而啼泣怎么也叫不醒，醒后研墨未浓，奋笔疾书写成一信。残烛半照金翡翠的被褥，光线朦胧；麝香熏透芙蓉似的纱帐，软软轻轻。当年的刘郎，现在已经怨恨那蓬山遥远；你去的所在，要比蓬山更隔万重岭！

精品赏析

这是一首艳情诗。诗中女主人思念远别的情郎，怅惘好景不常在，因此心生怨恨。首联写有约不来的怨思，上句说忧怨，下句写梦见醒来已经天明。颔联写远别，上句写远别后思念入梦，下句写醒后寄书的惆怅之情。颈联写往昔爱情生活成了幻梦，上句写褥衾可见，下句写香帐可闻。末联写其人已远，即便山盟海誓，也难以消化这浓浓的恨意。

无 题

李商隐

原文

飒飒东风细雨来，芙蓉塘外有轻雷。
金蟾啮锁烧香入[①]，玉虎牵丝汲井回[②]。
贾氏窥帘韩掾少[③]，宓妃留枕魏王才[④]。
春心莫共花争发，一寸相思一寸灰。

字词解释

①“金蟾”句：意谓虽有金蟾啮锁，香烟犹得进入。金蟾：旧注说是“蟾善闭气，古人用以饰锁”。啮：咬。②“玉虎”句：意谓井水虽深，玉虎犹得牵丝汲之。玉虎，井上的辘轳。丝：井索。汲：引。③“贾氏”句：晋韩寿貌美，司空贾充招为掾，贾女于窗格中见韩寿而悦之，遂通情。贾女又以晋帝赐贾充之西域异香赠寿。韩：即韩寿。掾：僚属。少：年轻。④“宓妃”句：魏曹植曾作《洛神赋》，赋中叙述他和洛河女神宓妃相遇事。宓妃：指洛神，传说为伏（宓）羲之女。留枕：这里指幽会。魏王：曹植封东阿王，后改陈王。才：才华。

译文

阵阵细雨随着飒飒东风飘散纷飞，荷花塘外声声轻雷传来。有锁纽的金蟾香炉，香烟缭绕飘逸，状似玉虎的辘轳，牵引绳索汲井水。贾女隔帘偷看韩寿，爱极了他的年轻貌美，陈留王曹植梦见甄氏留枕，赋诗比作宓妃。啊，我这颗心不会再与春花一同萌发；免得使我寸寸相思，都化成了烟灰。

精品赏析

这首诗描写了一位闭锁深闺的女子追求爱情失望后的痛苦之情。开首从眼前景致说起，再以物作喻，金蟾虽坚香烟可入，井水虽深辘轳可汲，我岂无隙可乘？接着用贾氏窥帘，幸而缘合，宓妃留枕，终属梦想的典故，说明相聚皆成幻梦，归结出莫再相思，以免自讨苦吃的意念，创出了“一寸相思一寸灰”的奇句。

全诗艺术手法巧妙，诗人善于运用比喻、典故和强烈对照的手法，把本来抽象的幽思和爱情物化，使之形象化，显示了美好爱情被毁灭，使诗歌具有一种动人心弦的悲剧美。

筹笔驿①

李商隐

原文

鱼鸟犹疑畏简书②，风云常为护储胥③。
徒令上将④挥神笔，终见降王走传车⑤。
管乐有才真不忝⑥，关张无命欲何如。
他年锦里经祠庙⑦，梁父吟⑧成恨有余。

字词解释

①筹笔驿：即今四川广元县朝天驿。相传诸葛亮伐魏曾在此筹划军机，故名。②“鱼鸟”句：诸葛亮治军以严明著称，这里意谓至今连鱼鸟还在惊畏他的简书。疑：惊。简书：指军令，古人将文字写在竹简上。③储胥：指军用的篱栅。④上将：犹主帅，指诸葛亮。⑤降王：指后主刘禅。走传车：魏元帝景元四年（263），邓艾伐蜀，后主出降，全家东迁洛阳，出降时也经过筹笔驿。传车：古代驿站的专用车辆。后主是皇帝，这时却坐的传车，也隐含讽喻意。⑥管：管仲。春秋时齐相，曾佐齐桓公成就霸业。乐：乐毅。战国时人，燕国名将，曾大败强齐。真不忝：真不小鬼。诸葛亮隐居南阳时，

每自比管仲、乐毅。⑦他年：作往年解。锦里：在武侯祠旁边。祠庙：武侯祠，刘备庙。⑧梁父吟：诸葛亮在南阳时，喜吟《梁父吟》。

译文

猿鸟至今惊畏当年诸葛丞相的严明军令，风云也会常常护着他军垒的藩篱栏栅。诸葛亮费尽心血在这里挥笔运筹划算，后主刘禅却毫无骨气地乘坐邮车去投降。孔明真不愧有管仲和乐毅的才干。但是关公张飞已死，人才凋零的蜀汉他又怎能力挽狂澜？往年我经过锦城时进谒了武侯祠，曾经吟诵了《梁父吟》为他深表遗憾！

精品赏析

这是一首凭吊诗，诗中开篇盛赞诸葛亮的政治军事才能，并为他未能统一中国而惋惜。同时对懦弱昏庸、终于投降魏国的后主刘禅加以贬斥。

全诗运用拟人化的手法，笔墨凝练，集中描绘了诸葛亮长于治军，军纪严明，余威犹存，用以展示出他作为一个历史上著名军事家的形象特征。接着以刘禅和关张这两类不同典型人物与其构成鲜明对比。由于刘禅昏庸，使诸葛亮一生的谋划付诸东流。同时关羽违反了诸葛亮抗魏的策略导致蜀汉元气大损，招致自己和张飞的亡身之祸。通过对比，更显诸葛亮的政治才能之卓越。

无　题

李商隐

原文

相见时难别亦难，东风无力百花残①。

春蚕到死丝②方尽，蜡炬成灰泪始干。

晓镜但愁云鬓改，夜吟应觉月光寒③。

蓬山④此去无多路，青鸟⑤殷勤为探看。

字词解释

①“东风”句：指相别时为暮春时节。②丝：与“思”谐音。③应觉：此处是设想。月光寒：指夜渐深。④蓬山：蓬莱山，指仙境。这里指女方居住地。⑤青鸟：西王母的信使。

译文

相见已经这么不易，离别时更是难舍难分，暮春作别，恰似东风力尽百花凋残。春蚕至死，它才把所有的丝吐尽，红烛燃尽成灰后蜡泪方才干涸。清晨对镜晓妆，唯恐如云双鬓改色，夜深时对月苦吟，应该觉得夜色已晚。蓬山仙境与这里没有多少路程，殷勤的青鸟信使，频繁地为我探看。

精品赏析

此诗的诗意所指历代说法不一，有人说是怀念朋友，有人说是写给自己所爱的女人。从诗中缠绵悱恻的情感来看，应该是一首表达两情相悦、至死不渝的爱情诗。首句两个“难”字，语言平实，感情绵邈。颔联以春蚕、蜡烛作比，既缠绵沉痛，又坚贞不渝。颈联写女方晓妆对镜，心念情郎；男方夜深苦吟，思念娇娘。尾联写殷勤的信使将男性深夜苦吟的情诗送与女方。全诗将“相见难”的男女相思之情描绘得淋漓尽致，黯然销魂。其中“春蚕到死丝方尽，蜡炬成灰泪始干”更成为千古名句。

春　雨

李商隐

原文

怅卧新春白袷衣①，白门②寥落意多违。
红楼③隔雨相望冷，珠箔④飘灯独自归。
远路应悲春晼晚⑤，残宵犹得梦依稀。
玉珰缄札⑥何由达，万里云罗一雁飞⑦。

字词解释

①白袷衣：即白夹衣，唐人以白衫为闲居便服。②白门：指今江苏南京市。③红楼：所怀念人的居所。④珠箔（bó）：珠帘。⑤晼（wǎn）晚：日落黄昏之时。⑥玉珰：耳珠。古时男女常以玉珰作定情物。缄札：书信。⑦云罗：如罗纹般的云彩。雁飞：取鸿雁传书之意。

译文

新春，我穿着白夹衣怅然地闲卧，白门城寂寥冷落，我心中惘然。红楼在雨中远远相望，珠帘般的雨滴飘打灯笼，我备觉冷寂，独自归返。你在远路，春天晚到应更悲凄伤感？只有在梦中能聚首，心灵依稀聊感欣慰。耳环情书已备好，可是要怎么样才能送达，我寄希望于万里云中飞翔的那只孤雁。

精品赏析

这首诗为借春夜细雨怀人之作。是借助飘洒迷蒙的春雨，抒发诗人怀念远方恋人的情绪。开头先点明时令，再写旧地重寻之凄怆，然后隔雨望楼，寻访落空之迷茫，最终相思相梦，缄札寄情，怅念之情就像雨丝一样不绝如缕。诗的意境、感情、色调、气氛都十分清晰明丽，优美动人。“红楼隔雨”与“珠箔飘灯”二句，简直是一幅色彩明丽的图画。

无 题

李商隐

原文

凤尾香罗①薄几重，碧文圆顶②夜深缝。
扇裁月魄羞难掩③，车走雷声④语未通。
曾是寂寥金烬暗，断无消息石榴红。
斑骓⑤只系垂杨岸，何处西南待好风。

字词解释

①凤尾香罗：凤纹罗。罗：绫的一种。②圆顶：指圆顶的帐子，帐顶。③扇裁：指以团扇掩面。语出班婕妤《怨歌行》“裁为合欢扇，团团如月明”。④车走雷声：形容车响如雷。语出司马相如《长门赋》：“雷殷殷响起兮，声像君之车音。”⑤斑骓（zhuī）：青花马。此指情人乘的马。

译文

薄薄的凤尾香罗只有几层，那圆顶的碧纹帐一层层缝到夜深。团扇恰似皎月，还是遮不住羞涩的面孔，你驱车隆隆而过没留下只言片语。暗淡的烛光，陪着人寂寥苦忆，石榴花开，你的音信还是没有送来。你骑的青白马正系在绿杨江岸，谁知何处会吹来西南的好风？

精品赏析

这首诗抒写一女子在爱情失意时的幽怨和饱受相思之苦的心情。诗中所流露的感情真挚而深厚。即便是相思无望，然而追求却十分执着。这种让人称美的痴情赋予诗歌强烈的感染力。全诗手法细腻，给人以美的感受。

利州南渡①

温庭筠

原文

澹然空水对斜晖，曲岛苍茫接翠微②。
波上马嘶看棹去③，柳边人歇待船归。
数丛沙草群鸥散④，万顷江田一鹭飞。
谁解乘舟寻范蠡⑤，五湖烟水独忘机。

字词解释

①利州：今四川广元。嘉陵江绕利州城而过。②翠微：指青翠的山气。③“波上”句：指未渡的人，眼看着马鸣舟中，随波而去。波上：一作“坡上”。棹：桨，也指船。④“数丛”句：指船过草丛，惊散群鸥。⑤范蠡：春秋楚人，曾助越灭吴，为上将军。后辞官乘舟而去，泛于五湖。

译文

渡口的波光与斜晖落照相互对望，苍茫的岛屿远接青翠山峦。江面上人马嘶鸣船桨划动，柳边人歇，等待着船儿回返。刚刚栖息沙滩草丛中的群鸥被惊飞，一只白鹭在万顷水田的上空盘旋。有谁能理解我驾船去寻范蠡的意义，也许这五湖烟水能让人忘却俗世心机。

精品赏析

此诗写日暮渡江的情景，表达了诗人想要步范蠡后尘，忘却俗念、功成引退过与世无争的生活，是诗人宦途失意落寞心情的曲折反映。诗的起句写渡口和时间，接着写江岸和江中景色，情景交融，点出题意，层次井然，色彩明朗，寓慨深沉。

五言乐府

塞下曲

王昌龄

原文

饮马度①秋水，水寒风似刀。

平沙日未没，黯黯见临洮②。

昔日长城战③，咸④言意气高。

黄尘足今古，白骨乱蓬蒿。

字词解释

①度：同“渡”。②黯黯：同“暗暗”，隐约之意。临洮：今甘肃岷县一带，是长城起点。③长城战：指唐玄宗开元二年（714）唐军和吐蕃在临洮的战争。④咸：都。

译文

饮完了马再渡过秋水，水冷刺骨寒风似刀。茫茫大漠中夕阳还未落下，昏暗中临洮隐约可见。当年长城边的鏖战，史上都说将士士气高昂。这里自古以来都是黄沙弥漫，乱草中处处可见战死者的白骨。

精品赏析

这首诗描绘了战争的残酷，将塞外晚秋时节的长城荒凉破败、白骨成山的凄凉景状描绘出来，残酷而富含深意，表达了诗人对连绵战火的反感和对远征边疆将士们的深切同情。

子夜吴歌[1]

李 白

原文

长安一片月，万户捣衣[2]声。
秋风吹不尽，总是玉关[3]情。
何日平胡虏[4]，良人[5]罢远征。

字词解释

①此题下有四首作品，分咏春夏秋冬，此为第三首《秋歌》，子夜吴歌：古乐府名。②捣衣：将洗过的衣服放在砧石上，用木杵捣去碱质。这里指人们准备寒衣。③玉关：即玉门关。④虏：对敌方的蔑称。⑤良人：丈夫。

译文

长安城里皓月当空，千家万户都传来了捣衣服的声音。这声音不能被秋风吹尽，因为一声声都有怀念丈夫的深情。何时才能把敌寇平定，丈夫不用再远征戍边。

精品赏析

原题为《子夜四时歌》共四首，写春、夏、秋、冬四时，这里选的是第三首，也就是秋歌。写女子思念在外征战丈夫的作品。诗人立意高远，气势开合，从长安一片月开始，将征夫之妻秋夜怀思远征边陲的良人的心情融入捣衣声中，这种浓浓的思念也结成一片心意，汇聚成一个浓厚的意愿，希望早日结束战争，丈夫免于离家去远征。虽未直写爱情，却字字渗透真挚情意，同时避免了对边疆沙场的正面描写，属于边塞诗的范畴却比边塞诗更高一等。

关山月①

李　白

原文

明月出天山②，苍茫云海间。
长风几万里，吹度玉门关③。
汉下白登④道，胡窥青海湾⑤。
由来征战地，不见有人还。
戍客望边邑⑥，思归多苦颜。
高楼⑦当此夜，叹息未应闲。

字词解释

①关山月：为古乐府曲调名。②天山：在此指甘肃境内的祁连山。③玉门关：故址在今甘肃敦煌西，是唐朝时的边关，通往西域地区的关塞要道。④汉：汉朝。下：出兵。白登：白登山，在今山西大同东。⑤胡：指吐蕃。青海湾：指青海湖，在今甘肃西宁附近。⑥戍客：守边将士。⑦高楼：指守边将士的妻子。

译文

明月从天山那边升起，挂在迷茫的云海之间。长风越过万里关山，吹过寂寞的玉门关。汉高祖被困白登山，胡人窥视青海之地。这里古来就是征战之地，不见有人归还。守边的兵士望着边塞景色，想到家乡就愁眉难展。今夜，征夫的妻子们，应该也是叹息未眠。

精品赏析

诗人视野宏阔，诗意雄浑高远，将诗的意境拔高，表达了对征人的同情。开头四句诗人用关、山、月三种因素组成一幅辽阔的边塞图景，从而表现出征人怀乡的情绪。中间“汉下白登道”等四句，将战争的景象与边关的艰苦带到读者眼前，如临其境，意境顿出。

玉阶怨

李　白

原文

玉阶生白露，
夜久侵罗袜[①]。
却下水精帘[②]，
玲珑望秋月[③]。

字词解释

①罗袜：丝织的袜子。②却下：放下。水精帘：水晶做的帘子。③玲珑：澄澈明亮。

译文

白露打湿台阶，
夜深了，露水把罗袜打湿了。

我放下水晶的帘子，
隔着帘子凝望澄澈明亮的秋月。

精品赏析

乐府《玉阶怨》多感叹深宫宫女的幽怨。这首短诗也描写一个女子在雾气中久久伫立，因为盼望和思念之情而不愿入眠。

题为“玉阶怨”，但通篇无一“怨”字，而是通过一些细节描写，将无尽的怨意深藏其中。

江南曲①

李　益

原文

嫁得瞿塘贾②，

朝朝误妾期③。

早知潮有信④，

嫁与弄潮儿⑤。

字词解释

① 江南曲：原是乐府题，多用来描写江南风景和人物等。② 瞿塘：指瞿塘峡，在今四川省奉节县，是著名的三峡之一。瞿塘贾：指经长江出入四川经商的商人。贾：商人。③ 期：约定的归期。④ 潮有信：潮水定时涨落，所以就说潮有信。⑤ 弄潮儿：弄潮是江南盛行的水上游戏，当潮水上涨后，弄潮儿便操舟或游泳于浪潮中。相当于现代的帆船、水上滑板等。

译文

嫁做商人妇，
他却总是错过约定回家的日期。
要是早知道潮水的涨落这么有规律，
当初就应该嫁一个弄潮儿做丈夫。

精品赏析

这首诗写的是闺怨，是商人妇的怨情，诗人通过潮水有信和商人误期作比较，对商妇的神态和内心感情进行细微真切的刻画。早知道商人重利轻离别，没有回家的准日子，商人妇说“早知潮有信，嫁与弄潮儿”，似是说笑，更像是无奈和怨恨。

七言乐府

凉州词[1]

王之涣

原文

黄河远上白云间，
一片孤城万仞[2]山。
羌笛[3]何须怨杨柳[4]，
春风不度玉门关[5]。

字词解释

①此诗又题作《出塞》。②万仞：一仞八尺，万仞是形容山很高的意思。③羌笛：西代羌人所制的一种管乐器，有二孔。④杨柳：指《折杨柳曲》，是一种哀怨的曲调。⑤玉门关：关名，在今甘肃省敦煌县西南，是古代通西域的要道。

译文

黄河气势磅礴远接白云，
一座孤城背靠万仞高山。
不要埋怨羌笛又唱起了那首《折杨柳》，
春风从来都不度过玉门关。

精品赏析

这是一首写戍边将士思乡之情的边塞诗，诗中描述了凉州地势的险僻和守边将士的生活艰苦，还有浓浓的思乡之情和淡淡若有若无的幽怨。诗的首句，说明澎湃东流的黄河发源于云端，将边地广漠壮阔的风光带入诗篇。次句写凉州城的戍边堡垒，地势险要，军事地位重要，所以此地边患不断。第三句递转，写所闻。羌笛奏着《折杨柳》的曲调，将征夫的离愁含蓄表达出来。唐时折柳赠别，而《折杨柳》歌也极容易让人心生幽怨。关外春风不度，杨柳不青，所有的思念和幽怨都是枉然，因而作“何须怨”。语意委婉，深沉含蓄，成为边塞诗的绝唱。

出 塞

王昌龄

原文

秦时明月汉时关，
万里长征人未还。
但使龙城飞将①在，
不教胡马度阴山②。

字词解释

①龙城：汉时匈奴祭天的地方，在今蒙古共和国境内。飞将：指汉时著名的武将李广，匈奴称李广为飞将军，很长时间内避之不敢入塞。②胡马：此指北方少数民族。阴山：在今内蒙古北部，这里曾是汉武帝屯兵出击匈奴的军事基地。

译文

秦时的明月汉时的城关，

不远万里而来的士兵没有回去。
如果能有像李广那样的将军在，
怎么会允许匈奴南下牧马度过阴山。

精品赏析

这首边塞诗只是慨叹边塞战事不断，但是国中没有身经百战的良将，以致战事拖延，久而未决。诗的首句气势夺人，耐人寻味。“秦时明月汉时关”，时空的追溯与现实的对照，将汉关秦月，与现在的历史进行对比，给人以历史错位感。第二句点明诗人的忧虑感伤之处，写征人未还，多少好男儿战死在沙场边关。后两句写出千百年来人民的共同意愿，呼唤能有像“龙城飞将”李广那样的人出现，平息胡乱，安定边防，结束旷日持久的战争。全诗以平凡的语言，塑成雄浑豁达的主旨，气势流畅，一气呵成，让人读了之后不禁心生赞叹。

金缕衣①

杜秋娘②

原文

劝君莫惜金缕衣，
劝君惜取③少年时。
花开堪折直须④折，
莫待⑤无花空折枝。

字词解释

①此诗在《全唐诗》中作者为无名氏，但大多数唐诗版本作者都标明杜秋娘，《唐诗三百首》也以杜秋娘为此诗作者。②杜秋娘：金陵（今江苏南京）人，原为镇海节度使李锜的妾。善唱此歌。后入宫，为唐宪宗所宠幸。穆宗即位后，为皇子保姆，皇子被废，杜秋娘回故乡。金缕衣：唐朝教坊曲调名。本义是金线织成的华丽衣服。③惜取：珍惜。④堪：可以，能够。直须：不必犹豫。⑤莫：不要。待：等待。

译文

劝你不要顾惜华贵的金缕衣，
劝你一定要珍惜青春少年时。
花开宜折的时候就要抓紧去折，
不要等到花谢时只折了个空枝。

精品赏析

这首诗不仅作者有疑问，而且此诗的主旨也有多种解释。有人认为是劝人珍惜时光，有人认为是表达及时行乐的思想，也有人认为是妓女以花柳自比。此诗语言平易，明了流畅。多重主题，也更加耐人寻味。

竹枝词①

刘禹锡

原文

杨柳青青江水平，
闻郎江上踏②歌声。
东边日出西边雨，
道是无晴却有晴③。

字词解释

①竹枝词：是巴渝（今重庆一带）民歌的一种，此诗作于刘禹锡任夔州刺史时，原作二首，选其一。②踏：一作“唱”。③晴：谐音“情”，隐指“情”。

译文

江岸的杨柳青翠欲滴，江水平静如镜。
阿郎哥悠扬的歌声从江上随风飘来。

东边阳光灿烂西边却是阴雨霏霏。
说是阴雨天却也是晴天。

精品赏析

这是一首模仿民间情歌的作品。描写怀春少女听到自己暗恋男子的歌声时，既欢喜又猜疑，既有希望又有担忧那种微妙复杂的心理。诗中采用民间情歌常用的双关语手法，以“晴”喻“情”，既含蓄蕴藉又余味无穷。

行路难[1]

李　白

原文

金樽清酒斗十千[2]，玉盘珍馐[3]直万钱。
停杯投箸[4]不能食，拔剑四顾心茫然。
欲渡黄河冰塞川，将登太行雪满山。
闲来垂钓碧溪上[5]，忽复乘舟梦日边[6]。
行路难，行路难，多歧路，今安在?
长风破浪会有时，直挂云帆济沧海。

字词解释

①《行路难》原为三首，此其一。②金樽：精美的酒杯。斗十千：一斗酒值十千钱。言酒好价高。③珍馐：名贵的菜肴。④箸：筷子。⑤垂钓碧溪上：传说吕尚未遇周文王时，曾在磻溪（今陕西省宝鸡市东南）垂钓。⑥乘舟梦日边：传说伊尹见汤以前，梦乘舟过日月之边。合用这两句典故，是比喻人生遇合无常，多出于偶然。

译文

精美酒杯里装的名酒价格昂贵，玉盘中盛的精致菜肴也要花费万钱。我停杯投箸不想吃饭，拔剑环顾四周，我茫然不知所措。想渡黄河，坚冰堵塞了这条大河；要登上太行山，莽莽的风雪堵塞道路。像吕尚垂钓磻溪，闲待东山再起，又如伊尹做梦一样乘船经过日边。世上行路多么艰难，多么艰难，人生的歧路这么多，我该如何安身呢？相信总有一天，我可以乘长风破万里浪，高高挂起云帆，在沧海中劈浪斩波！

精品赏析

唐玄宗开元十八年（730），李白初进长安求仕不成，对自己的人生期许非常高的李白内心极为苦闷，于是借酒抒怀，希望在醉乡中求得对现实的超越。诗以“黄河之水天上来”起兴，极言时不再来，人生要及时行乐，虽然有“天生我材必有用”的慷慨激昂，但面对现实毕竟势单力薄难以实现，最后仍以“万古愁”作结，虽极力张扬及时行乐，但表达出的却是对自己怀才不遇的愤懑和渴望建功立业的积极心态。全诗具有大河奔流的气势和力量，充分展示出诗人狂放自信的人格风采。

将进酒[1]

李　白

原文

君不见，黄河之水天上来，奔流到海不复回。
君不见，高堂明镜悲白发，朝如青丝暮成雪。
人生得意须尽欢，莫使金樽空对月。
天生我材必有用，千金散尽还复来。
烹羊宰牛且为乐，会须[2]一饮三百杯。
岑夫子，丹丘生[3]，将进酒，杯莫停。
与君歌一曲，请君为我侧耳听。
钟鼓馔玉[4]不足贵，但愿长醉不愿醒。
古来圣贤皆寂寞，惟有饮者留其名。
陈王[5]昔时宴平乐[6]，斗酒十千恣欢谑。
主人何为言少钱，径须沽取对君酌。
五花马[7]，千金裘，呼儿将出换美酒，与尔同销万古愁。

字词解释

①将（qiāng）：请。将进酒：劝酒歌。②会须：正应当。③岑夫子：岑勋，南阳人，李白好友。丹丘生：元丹丘。也是李白好友。④钟鼓馔玉：泛指豪门贵族的奢华生活。钟鼓，富贵人家宴会时用的乐器。馔玉，梁戴嵩《煌煌京洛行》："挥金留客坐，馔玉待钟鸣。"馔，吃喝。⑤陈王：三国魏曹植，曾被封为陈思王。⑥平乐：平乐观。⑦五花马：指名贵的马。唐开元、天宝年间，好马的鬃毛都被剪成花瓣形，三瓣称三花，五瓣称五花。

译文

你看到了吗？黄河之水是从天上而来，波涛滚滚奔向东海不肯回头。你看到了吗？在高堂之上的明镜中照见了白发，使人感到悲凉早晨还是乌黑的青丝，到傍晚已经斑白如雪。人生得意时，要尽情地寻欢作乐，别让金杯玉露，空对天上明月。既然天地让我出生，赋予我他人不能比拟的才干，必有它的用处，纵然是千金耗尽，还会重新再来。烹羊宰牛，且图眼前欢乐，应该痛痛快快一口气喝他三百杯。岑勋先生，丹丘先生，赶紧喝酒吧，酒杯不能停！我想为你们唱一曲，请你们认真仔细地听：钟鸣鼓食的生活有什么珍贵的，我只愿大醉一场不愿醒来。在世古来圣贤，生活都很寂寞，只有善饮酒的人才可以青史留名。古时陈王曹植曾在平乐观宴饮寻欢，斗酒十千还是要痛快地享乐一番。主人啊，为何说银钱？赶紧去买醇酒，咱还要和你对饮，直到一醉方休。这名贵的五花马，价值千金的皮裘，叫孩儿们拿去换美酒吧，我与你喝个大醉，同销万古之愁。

精品赏析

这首诗豪情恣肆，诗意纵横，诗人对酒当歌，表达了人生几何、及时行乐的人生主张。圣者寂寞、饮者留名的虚无消沉思想在诗歌中一再闪现，最后落点在“与尔同销万古愁”上。诗的开头六句，写人生寿命如黄河之水奔流入海，一去不复返，所以应及时行乐，不可辜负光阴。“天生”十六句，写人生富贵不能长保，所以“千金散尽”“且为乐”。同时指出“自古圣贤皆寂寞”，而“留其名”的只有“饮者”，将诗人内心的不平表达了出来。“主人”六句结局，表明诗人当时酒兴大作，意气豪生，“五花马”“千金裘”都不足惜，只愿一醉方休。全诗也流露出对自己怀才不遇的愤懑和渴望用世的积极心态。意境深邃，语言浑厚，气象不凡。

兵车行

杜 甫

原文

车辚辚[①]，马萧萧，行人[②]弓箭各在腰。
爷娘妻子[③]走相送，尘埃不见咸阳桥[④]。
牵衣顿足拦道哭，哭声直上干[⑤]云霄。
道旁过者[⑥]问行人，行人但云点行[⑦]频。
或从十五北防河[⑧]，便至四十西营田[⑨]。
去时里正与裹头[⑩]，归来头白还戍边。
边庭流血成海水，武皇[⑪]开边意未已。
君不闻汉家山东二百州[⑫]，千村万落生荆杞。
纵有健妇把锄犁，禾生陇亩无东西。
况复秦兵[⑬]耐苦战，被驱不异犬与鸡。
长者[⑭]虽有问，役夫敢申恨?
且如今年冬，未休关西卒。
县官[⑮]急索租，租税从何出?

信知[16]生男恶，反是生女好。
生女犹得嫁比邻[17]，生男埋没随百草。
君不见青海头[18]，古来白骨无人收。
新鬼烦冤旧鬼哭，天阴雨湿声啾啾！

字词解释

①车辚辚：很多车的声音。②行人：出征的人。③妻子：妻子和孩子。④咸阳桥：在咸阳西南的渭水上，秦汉时称“便桥”，为出长安西行的必经之地。⑤干：冲。⑥道旁过者：诗人自指。⑦点行（háng）：按户籍依次点名征调。⑧防河：也称防秋，即调集军队守护河西，以防吐蕃秋季侵扰。⑨营田：屯田，戍边时期战时作战，平时种地。⑩里正：唐朝时每百户为一里，设里正一人，管理里内的日常事务。与裹头：古时人裹头巾，因应征者年龄小，所以里正替他裹头。⑪武皇：指汉武帝。这里隐喻唐玄宗。⑫山东：指华山以东。二百州：唐朝在潼关以东设置二百一十七州。⑬秦兵：即关中之兵。⑭长者：行人对杜甫的尊称。⑮县官：古时天子称县官，这里指朝廷。⑯信知：真的明白。⑰比邻：近邻。汉时五家为一比。⑱青海头：青海边，唐时与吐蕃大战，多在青海附近。

译文

车辆隆隆响，战马萧萧鸣，出征士兵已经把弓箭佩在腰间。爷娘妻儿奔跑来相送，尘埃遮天看不见咸阳桥。拦在路上牵着士兵衣服顿脚哭，哭声一直冲到了云霄。路旁经过的人问出征士兵怎么样，出征士兵说按名册征兵很频繁。有的人十五岁被派到黄河以北去戍守，有的人四十岁还会来到西部边疆去种田。去时里长给有的壮丁裹头巾，他们回来时已经白头还要去守边。出征士兵流的血形成了海水，但是皇上开拓边疆的念头还没停止。您没听说汉家华山以东两百个州县，数不清的村落长满了草木。即使有健壮的妇女手拿锄犁耕种，田土里的庄稼还是难有收成。况且秦地的士兵又能够苦战，被驱使打仗与鸡狗没有分别。尽管长辈有疑问，服役的人们哪有机会申诉怨恨?就像今年冬天，函谷关以西仍在征调士兵。而且官府紧急地催逼百姓交租税，可是租税从哪里交得出啊。终于知道生男孩是坏事情，反而不如生女孩好。生下女孩还能够嫁给近邻，生下男孩最终还是死于沙场抛尸荒草间。您没有看见，青海的边上，自古以来战死的人白骨累累没人掩埋。新鬼烦恼怨恨旧鬼伤心哭泣，天阴雨湿时众鬼啾啾地喊叫。

精品赏析

这是一首叙事诗，记叙了百姓的苦难，讽刺了当时统治者滥用武力不体恤百姓的疾苦，表达了诗人内心的忧愤和对百姓的同情。

诗的开头七句为第一段，真实记叙了被征的士兵与家人忍痛分离的悲惨情景，描绘了一幅动人心弦的送别图。“道旁”十四句为第二段，以役人之口直诉从军后妇女代耕，农村萧条零落的境况。“长者”十四句为第三段，写征夫久不得息，连年征兵，百姓唯恐生男和青海战场尸骨遍野，令人不寒而栗的情况。将唐王朝穷兵黩武不顾惜百姓死活的行径揭露出来。本诗结构采用了古乐府的主客问答体，诗中多使用口语，读起来古朴浑成。

独不见①

沈佺期

原文

卢家少妇郁金堂②，海燕双栖玳瑁梁。
九月寒砧③催木叶，十年征戍忆辽阳④。
白狼河⑤北音书断，丹凤城⑥南秋夜长。
谁知含愁独不见，使妾明月照流黄⑦。

字词解释

①独不见：乐府歌名，此诗又题作《古意呈乔补阙知之》。②“卢家”句：梁武帝萧衍《河中之水歌》：“河中之水向东流，洛阳女儿名莫愁。十五嫁为卢家妇，十六生儿字阿侯。卢家兰室桂为梁，中有郁金苏合香。”此句用其意。郁金，郁金香，可浸酒涂壁，百合科，旧谓出大秦国，即今小亚细亚。③砧（zhēn）：捣衣石。④辽阳：指今辽东一带。为东北边防要地。⑤白狼河：白狼水，即今辽宁境内的大凌河。⑥丹凤城：一说因秦穆公女吹箫，凤降其城，故名，也为京城之别称。⑦流黄：黄紫相间的绢，这里指帷帐。

译文

深闺少妇在满室芳香的华丽居所一人独居，仰看那海燕双栖在玳瑁一样美观的屋梁。九月秋来，绵绵不绝的捣衣声催落了枯黄树叶，十年征战忆念着边塞辽阳。白狼河北我的夫君音信书信断绝，丹凤城南，漫长的秋夜里妻子不分日夜思念。为何久久以愁为伴却不得相见，总是让这一轮明月来照空床。

精品赏析

这首诗有人认为是以乐府歌名为题的七言律诗。本诗以委婉缠绵的笔调多角度地描写了一位少妇在深秋寒夜里，对征戍辽阳十年不归的丈夫的刻骨思念。极力以环境描写烘托女主人公孤单寂寞，深夜之中辗转反侧，难以入睡的悲戚愁苦。语言满含幽怨而极富深情，增强了诗歌的抒情色彩。

阅读体验

YUEDU

TI

YAN

感悟作品

一、感悟作品

唐诗是中国古典诗歌之冠冕。唐诗数量大，作者多，质量高，许多脍炙人口之作，不仅国内广为流传，而且风行海外，历久不衰。二百多年以来，唐诗的普及和广为流传，蘅塘退士编选的《唐诗三百首》功不可没。这部唐诗选本被普遍认为是最好的儿童启蒙唐诗选本。编者按照五言古诗、七言古诗、五言绝句、七言绝句、五言律诗、七言律诗及乐府诗等体裁分类，选择篇幅适中，风格各异，题材多样，能够代表当时时代特点和精神面貌的诗歌300多首汇集成册，几乎包含唐代最著名诗人及各个流派的优秀作品，既有代表性又通俗易懂，在唐诗选本中影响很大。

唐朝是我国封建社会最强盛的帝国，盛唐边塞诗所体现出的宏伟气象，正是唐帝国兴旺发达的反映。如王昌龄的《出塞》：

秦时明月汉时关，万里长征人未还。
但使龙城飞将在，不教胡马度阴山。

以雄壮有力的笔触描绘积极奋发的戎马生活和英勇无畏的战斗豪情，这类诗歌格调高昂气势雄伟，表现了效命疆场的开阔胸襟和坚韧不拔的爱国之情，是时代的最强音。

盛唐时期社会安定，经济繁荣，给诗人们提供了优闲安适生活的物质条件；他们寄情山水，山水田园生活已经成为诗歌创作的重要题材。如王维的《山居秋暝》：

空山新雨后，天气晚来秋。
明月松间照，清泉石上流。
竹喧归浣女，莲动下渔舟。

随意春芳歇，王孙自可留。

诗歌表达了作者希望隐逸的情怀，语言清新，意境脱俗。

被誉为诗史上“双子星座”的李白和杜甫，以其卓越的创作成就，把唐代诗歌推向艺术的最高峰。李白是伟大的浪漫主义诗人，诗作飘逸奔放，壮丽雄伟，凝结着盛唐的时代精神；杜甫是伟大的现实主义诗人，诗作博大精深，沉郁顿挫，有力地反映了现实，并成为许多后人心目中诗歌创作的楷模。

“安史之乱”后，唐帝国由盛转衰，宦官擅权，朋党相争，藩镇叛乱，各种矛盾尖锐复杂，人民遭受了空前的灾难。唐帝国在统治集团内部各种破坏力量的作用下，在强大的农民起义沉重打击下，走向了灭亡。这一时期诗歌创作也发生了巨大的变化。即使是与乱前同一种题材的诗歌，思想和意境也截然不同了。如李益的边塞诗《夜上受降城闻笛》：

回乐烽前沙似雪，受降城下月如霜。
不知何处吹芦管，一夜征人尽望乡。

没有了盛唐时期的乐观昂扬，为国效命的精神气息，表达的是征人厌战和思乡情绪，与盛唐边塞诗不可同日而语了。

中晚唐时期，即便是描写自然风光的作品，也充满了悲观情绪。如李商隐的《登乐游原》：

向晚意不适，驱车登古原。
夕阳无限好，只是近黄昏。

编者所选的这些诗歌，不仅使我们了解了唐诗的创作情况，也透过这些诗歌更多地了解了唐朝社会发展的基本状况。理解了诗歌创作与社会生活和个人际遇之间的关系。

二、体味情感

唐诗题材广泛，阶级斗争、民族矛盾、时事人物、历史事件、个人身世、朋辈交游、山水田园、边塞风光、男女爱情乃至生活琐事等，都在诗歌中得到反映。这些诗歌不仅表达了诗人们对国家的关心和对人民的同情，也表现了诗人自己宦海浮沉、怀才不遇、坎坷潦倒、闲适优游等种种情感。有杜甫的“致君尧舜上，再使风俗淳”的政治理想、有李白的“大道如青天，我独不得出”仕途失意的悲愤，也有孟浩然等人，在理想不能实现时的隐逸山林田园的闲适和惬意。

如孟浩然的田园诗《过故人庄》：

故人具鸡黍，邀我至田家。
绿树村边合，青山郭外斜。
开轩面场圃，把酒话桑麻。
待到重阳日，还来就菊花。

孟浩然的一生经历比较简单，大部分时间是在家乡——汉代庞德公栖隐过的鹿门山附近的涧南园过着闲适生活。他的诗歌，大部分是描绘自然风光的山水诗。这些作品描写漫游途中的山川景物，刻画故乡山水的千姿百态。将景物描写常常与羁旅情思融成一片，如《彭蠡湖中望庐山》《自浔阳泛舟经明海》《江上思归》《早发渔浦潭》等。他的田园诗《过故人庄》是久经传诵、备受推崇的好诗。淳厚朴实的风俗、恬静优美的田园风光，馨香浓郁的乡土气息，在作品中得到了生动的体现。

与孟浩然不同，中唐诗人刘禹锡不仅是卓有成就的诗人，也是当时进步的政治家、著名的唯物主义哲学思想家。刘禹锡因参加“永贞革新”被贬为朗州司马。长期的贬谪，坎坷的人生，并没有使诗人沉沦颓废，始终坚信自己的信念，并寄希望于未来。他的诗带有强烈的政治色彩，特别是那些政治讽刺诗，最能表现他不屈的战斗精神，如《元和十年自朗州承如至京戏赠看花诸君子》《再游玄都观》等。而刘禹锡的怀古诗则最能体现高瞻远瞩的唯物主义思想家情怀。如《西塞山怀古》：

王濬楼船下益州，金陵王气黯然收。

千寻铁锁沉江底，一片降幡出石头。
人世几回伤往事，山形依旧枕寒流。
今逢四海为家日，故垒萧萧芦荻秋。

刘禹锡站在唯物主义哲学家的高度，强调历史发展的必然性，语言平易，情感深厚，有一种蕴藉含蓄之美。

晚唐诗人杜牧具有经邦济世、中兴唐帝国的理想。为此，他注重于“治乱兴亡之迹，财赋兵四之事”的研究，一方面常在诗文中寄兴亡之慨，警醒人们，用心良苦；另一方面专门为文论治乱守战之道，如《罪言》《战论》等，并注《孙子》。同时，还表现出忧国忧民的思想情怀，为人民做过一些好事。但由于社会的黑暗和个人的失意苦闷，杜牧亦有潦倒颓放的思想行为。

他的诗歌感时伤世，有的表现对时局的忧愤，如《感怀诗》《郡斋独酌》；有的表现对人民苦难的系念和同情，如《早雁》《河湟》；有的抒写世事无为的感慨，如《登池州九峰楼寄张祜》《九日齐山登高》等。这些作品多为古体和七言律诗，写景、议论、抒情相结合，浓郁顿挫，颇近杜甫。虽写感伤抑郁，而不消沉凄恻。杜牧的咏史怀古诗向来为人称道。如《过华清宫三绝句》和《泊秦淮》，既借古讽今，又总结历史教训；《赤壁》《乌江亭》则议论史事，发表见解；《登乐游原》《题定量州开元寺水阁》等，凭吊生发，对历史的发展作哲理思索，博大精深。杜牧的写景抒情七言绝句最为出色，风格明秀俊爽。如《江南春绝句》《清明》等诗。

总之，唐朝诗人在诗歌中描绘了当时社会“高台四望同，佳气郁葱葱”的旺盛景象，洋溢着“丈夫皆有志，会是立功勋”的豪情，抒发了“安社稷”“济苍生”“去蝥贼”的宏图，表现出蔑视礼法、谑浪权贵而追求自由的精神，歌颂了祖国大好河山的雄伟瑰丽，暴露并谴责了统治阶级的骄横昏聩、强征暴敛以及奢侈荒淫的生活，同时也多角度地反映了人民的疾苦与愿望，表达自己深切的同情心。也表现了个人宦途沉浮、怀才不遇、酬唱赠答、闲适旷达等种种思想情感。

三、品味语言

唐诗普遍讲究声律，节奏和谐，语言精美，诗意醇厚，并在此基础上，表现出诗人各自特有的艺术个性及其诗作意境，从而形成了各具特色的艺术风格与流派。

1. 清新明快的语言风格

最能代表清新明快语言特色的当属盛唐山水田园诗派。

所谓山水田园诗派，主要指孟浩然、王维，以及储光羲、常建、祖咏、裴迪等人。他们继承晋宋以来陶渊明、谢灵运的传统，以写山水风光和田园生活著称于世。山水田园诗的盛行，有它的社会基础和思想基础，也有文学本身的原因。一是社会安定，经济繁荣，给诗人们提供了悠闲安适生活的物质条件；二是佛老盛行，有些文人称道隐逸，而由隐而仕往往是一条“终南捷径”；三是仕途失意的文人，有的逃避现实，寄情山水；四是陶、谢以来，山水田园生活已经成为诗歌创作的重要题材，并积累了丰富的艺术经验。因而，在这样的背景之下，形成诗派也就成很自然的事了。山水田园诗派的诗歌语言凝练含蓄，清新明快，句式、节奏富于变化，音韵响亮、和谐，具有音乐美。

如王维的《鹿柴》：

空山不见人，但闻人语响，
返影入深林，复照青苔上。

诗人以白描的手法，清新淡雅的语言，把捕捉到的景象以水墨写意的画法表现出来，风清骨秀，韵致飘逸，形成恬淡清远的艺术风格。

2. 慷慨悲壮的语言风格

最能代表慷慨悲壮语言特色的是盛唐边塞诗派。

唐王朝国力强盛，疆域辽阔，在经济、文化等方面与边地少数民族政权之间及外国邻域的交往日趋频繁。边事增多了，边塞战争也屡屡发生，使更多的人关心边塞、向往军功，尚武精神的爱国热情空前高涨。因此，边塞题材引起诗人极大兴趣。有的读书人投身戎幕，为军旅生活所感染，或者因种种不合理现象而愤怒，或是受到壮美山川的陶冶，诗歌创作获得了新的灵感。盛唐高适、岑参、王昌龄、李颀、王之涣、王翰等人就是在这种文化背景下，揭开了边塞诗创作的新篇章，形成了一个影响深远、充分体现出盛唐社会风貌和时代精神的诗歌流派。边塞诗派的语言风格是遒俊流转，语调谐美，慷慨悲壮、酣畅淋漓。

如王昌龄《从军行》：

秦时明月汉时关，万里长征人未还。
但使龙城飞将在，不教胡马度阴山。

再如王翰《凉州词》其一：

蒲萄美酒夜光杯，欲饮琵琶马上催。
醉卧沙场君莫笑，古来征战几人回。

3. 豪迈飘逸的语言风格

最能代表豪迈飘逸语言特色的是被称为“诗仙”的李白。

李白是我国诗歌史上伟大的浪漫主义诗人，诗歌现存900多首，集中反映了诗人一生的经历和内心世界。李白诗歌具有强烈自我表现的主观色彩。着重表现自己对生活的感受，表现生活在自己的胸中激起的感情波澜。大胆丰富的想象，奇特传神的夸张。李白诗中的想象、比喻、夸张是极为大胆奇特的，他写愁思是：“白发三千丈，缘愁似个长。”（《秋浦歌》十五）写北方的大雪是：“燕山雪花大如席，片片吹落轩辕台。”（《北风行》）诗歌语言清新自然，流畅豪放。即便是绝体这样的小诗，语言风格也豪迈飘逸。

如《早发白帝城》：

朝辞白帝彩云间，千里江陵一日还。
两岸猿声啼不住，轻舟已过万重山。

4. 沉郁顿挫的语言风格

最能代表沉郁顿挫语言特色的是被称为“诗圣”的杜甫。

杜甫是我国诗歌史上伟大的现实主义诗人。杜甫运用现实主义创作方法，对现实生活作典型的艺术概括，展现广阔的历史生活画面。他善于选取具有典型意义的人和事，以小见大，能从一人一事反映出广泛的社会生活内容作高度的概括，如“朱门酒肉臭，路有冻死骨”，仅仅十个字就深刻概括出社会现实中存在的尖锐的阶级对立。杜甫善于将主观议论寓于客观描写之中，有的诗则能做到叙事、议论、抒情的完美结合，《自京赴奉先县咏怀五百字》就是这样的典范。杜甫善于运用人物的对话和个性化的语言，通过细节描写来塑造人物，反映重大的社会内容，如《兵车行》中借行人之口，直接控诉战争的灾难，显得更加有力。杜甫一生追求“语不惊人死不休”，善于吸收和运用当时的俗语，如“生女有所归，鸡狗亦得将”“挽弓当挽强，用箭当用长。射人先射马，擒贼先擒王”，等等，自然通俗，明白易晓。同时又最善于炼字、炼句，经过千锤百炼，达到精练、准确、生动、传神的艺术效果。如“星垂平野阔，月涌大江流”（《旅夜书怀》）。杜诗善用叠字，“穿花蛱蝶深深见，点水蜻蜓款款飞”“无边落木萧萧下，不尽长江滚滚来”，等等，其中所用叠字，无不生动传神。

如杜甫《春望》：

国破山河在，城春草木深。
感时花溅泪，恨别鸟惊心。
烽火连三月，家书抵万金。
白头搔更短，浑欲不胜簪。

四、体验角色

游子

游子是唐朝第一大的诗歌形象。所谓游子在古时是为了当官离开家园的读书人。唐代多数诗人在做官之前都有过漫游的经历。他们漫游的处所，一是名山大川，二是当时的大都市，这与唐朝入仕途径的多样性有关。漫游名山大川，以隐求仕；漫游长安、洛阳等大都市，干谒高官，以求引荐。因此，漫游也带来了唐朝山水田园诗、边塞诗和描写都市生活诗歌的兴盛。

隐士

所谓隐士是隐居的人，但唐朝文人的隐居却与此不同，他们不是为了做隐士，一是以隐求仕，有些文人称道隐逸，由隐而仕往往是一条“终南捷径”；二是仕途失意的文人，有的逃避现实，寄情山水。有的诗人则是通过歌咏隐士来表达自己的希望隐逸的情怀。如王绩、孟浩然、王维等诗人。

谪臣

唐代很多的诗人因为各种各样的原因被贬谪，文人因被贬谪而作诗抒情是从屈原开始的，但唐朝诗人写贬谪的作品多而且好。李白被贬夜郎，王昌龄被贬龙标，刘长卿也两次被贬。特别是中唐元和年间，韩愈、柳宗元、白居易、刘禹锡、元稹等都曾被贬谪，这些诗人在诗歌中抒发了对贬谪的悲愤不平、孤独寂寞、凄楚忧伤，也表达出对生命的执着，对理想的不懈追求和乐观旷达的情怀。

征人

征人形象主要出现在边塞诗中，这些征人往往与诗人本身无关，是那些被派往边地的将领和被征兵役戍边的普通士兵。盛唐高适、岑参、王昌龄、李颀、王之涣、王翰等人都曾入武幕，为军旅生活所感染，诗歌创作获得了新的灵感。诗歌中塑造出大量的征人形象。中唐时期的诗人李益、卢纶等创作的边塞诗也描绘了不同于盛唐的征人形象，丰富了我国古代诗歌中的人物形象。

怨女

唐代诗歌中有很多写闺怨和宫怨的诗歌，闺怨诗里多描绘少妇对在外游宦的丈夫的思念，抒写自己青春易逝、独守空闺的苦闷。宫怨诗则写后宫嫔妃苦守深宫，失望甚至绝望的无奈心境。如王昌龄的《闺怨》《长信秋词五首》以及白居易的《上阳白发人》等，都描绘了这类怨女的形象。

五、启迪人生

唐诗是中华民族传统文化最好的载体，它积淀着智慧的结晶、映射着理性的光辉、浓缩着丰富的情感、蕴含着优美的意象，包含着中华民族的智慧、美德和情操，融汇了自然科学和人文精神等诸多知识，兼容了德育、智育、美育等多种功能。我们可以从这些优秀诗篇中领略祖国山河的壮美，了解民族历史的演变，品味诗人们丰富多样的情感，感受汉语表达的丰富和美好。这不仅有助于我们深化对社会、自然、人生的认识，也有助于我们认识、发展和完善自我，开阔我们的心胸，对我们精神的提升、人格的塑造、情感的陶冶、文化素养的形成、语言能力的培养等诸多方面，更发挥着潜移默化的作用，为帮助我们完善自身人格修养、提高文化品位，打下良好的基础。

诗歌是诗人心灵的密码，也反映着时代的风气，品读唐诗，让诗歌把我们带到那个辉煌的盛世，带到诗人那多情的心灵世界，让唐诗慰藉我们的心灵，为我们自己的人生增添一抹瑰丽的色彩。

嵌记解读

读后感

王濬楼船下益州，金陵王气黯然收。
千寻铁锁沉江底，一片降幡出石头。
人世几回伤往事，山形依旧枕寒流。
今逢四海为家日，故垒萧萧芦荻秋。

唐朝自“安史之乱”后，藩镇割据比较严重。唐宪宗时期，唐朝曾经取得了几次平定藩镇割据战争的胜利，国家又出现了比较统一的局面，但这种景象只是昙花一现，穆宗长庆年间，河北三镇又恢复了割据局面。长庆四年穆宗驾崩，敬宗李湛即位，朝廷调任刘禹锡为和州刺史，刘禹锡由夔州沿江东下，沿途游览名胜古迹，经西塞山时，触景生情，抚今追昔，写下了这首感叹历史兴亡的诗。

西塞山，在今湖北省黄石市东面的长江边上，是有名的军事要塞。西晋太康元年，晋武帝司马炎命益州刺史王濬讨伐东吴。王濬命人建造了可以容纳两千多人，可以在其上骑马的大船，从成都顺流而下攻打吴国。吴国为了阻挡王濬的进攻，在长江里设置了很多一丈多高的铁锥和拦江的铁锁链。王濬派人做了数十个大排筏，排筏上扎草人以吸引吴军的注意，暗地里让善水性的人操纵，排筏碰到铁锥，因为浮力大，铁锥全被拔出随筏漂走。又做了十丈多的大火炬，灌满麻油，遇到铁索阻拦就点燃，铁索被烧断，船队得以进击。刘禹锡便以这一历史事件为题作此诗。

全诗分两层，前四句写发生在西塞山的历史往事，形象地概括了吴国降晋的历史。开头写“楼船下益州”，“金陵王气”便黯然消失。益州金陵，相距遥遥，一“下”即“收”，表明速度之快。两字对举就渲染出一方是势如破竹，另一方则是闻风丧胆，强弱悬殊，高下立判。第二联便顺势而下，直写战事及其结果。后四句写作者的感叹。西塞山之所以闻名，是因为曾经是军事要塞，而今山形依旧，人事全非，强调了国家统一是历史发展的必然，对有野心的军阀提出了警告。诗人巧妙地把史、景、情完美地糅合在一起，借景咏史抒情，浑然一体。

刘禹锡以政治家、思想家的视角，将现实感受和历史深思结合起来，以历史题材反映现实内容，寓深刻的哲理于作品之中。

嵌记解读

唐诗是中国古典诗歌之冠冕。唐诗数量大，作者多，质量高，均为前代所无法比拟。清代康熙年间彭定求等人所编辑的《全唐诗》收录唐诗 49800 多首，作者 2200 余人。在唐诗的普及和流播过程中，历代唐诗选本不计其数，其中流传最广、在民间影响最大的就是蘅塘退士编选的《唐诗三百首》。

《唐诗三百首》是一本童蒙教育读本。蘅塘退士所选的唐诗是精品中的精品。阅读者可以从这些优秀诗篇中领略祖国山河的壮美，了解民族历史的演变，感受汉语表达的丰富和美好，吟诵唐诗能陶冶人们的情操，为审美打下基础。尤其是唐诗的语言，文化内涵丰富，形式优美，是最具灵性和想象力的语言，是最深刻、最具感染力的语言，学习这种语言，也是学习中华民族传统文化的最佳途径。“熟读唐诗三百首，不会作诗也会吟。”

现今解读《唐诗三百首》的著作也数不胜数，各有千秋。本书则采取独创的嵌式解读方式解读《唐诗三百首》。所谓的嵌式解读法，就是在传统的注释、赏析的基础上，将与诗歌解读相关的社会、文化、思想等内容嵌入书籍之中，使阅读者一方面对《唐诗三百首》的作者以及创作背景有一定的了解，另一方面通过嵌式解读对《唐诗三百首》选编的诗歌作品、作家、唐朝的社会状况等有一个全方位、立体化的认识。

本书由阅读引擎、阅读辅导、原著阅读、阅读体验和阅读拓展五个大的板块构成。阅读引擎由本书阅读指南、本书文学地位与历史影响、本书历史背景图解、本书人物图解、本书作者生平图解、本书地标物语六部分组成，这部分采用文字配图的方式，为的是使阅读者在阅读原作品之前先对相关的知识背景有更直观的了解，这样可以加深对作品的理解，起到很好的导引作用。阅读辅导部分介绍了《唐诗三百首》的编选过程、编选背景和编选原则，为阅读者更好地理解、欣赏后面的原著阅读部分诗歌奠定了基础。原著阅读部分由原文、字词解释、译文和精品赏析四部分组成，四部分呈递进关系，层层深入，为阅读者深刻理解作品的思想内容和艺术特色提供了保障。阅读体验由感悟作品、体味情感、品味语言、体验角色和启迪人生五部分构成，是将诗歌中题材、情感、语言和诗歌中描绘的形象比较集中而有特色的成分摘取出来，再一次加深认识和理解，等于把所有的诗歌在脑海里重新整理了一遍，形成了立体化的形象。阅读拓展是由阅读链接、文化链接、思想链接三大部分组成，每一部分又有分类，是前四部分的升华，也是本书的精华所在。阅读链接包括图书和影像两部分，文化链接有明君、名臣、文人三部分，思想链接介绍了当时影响比较大的诗人的思想。

嵌式阅读通过由图解阅读的逐步进入到原著今读、阅读体验和拓展阅读之中，通过多元阅读与复合记忆，介绍唐诗的历史文化背景，使阅读者加深了对唐代诗歌乃至唐代社会的理解和认识，从更高的层次把握和认识唐代诗歌的创作成就。另外，嵌记阅读是从图解阅读的形象思维，逐步进入原著今读、阅读体验和拓展阅读的理性思维和逻辑思维中，对培养学生的思维能力有着巨大的作用。

唐诗包含着中华民族的智慧、美德与情操，融汇了中国传统的人文精神和自然科学，兼容德育、智育、美育等多种功能，嵌记式解读《唐诗三百首》不仅让传统文化精华古为今用，让阅读者心灵接受着高尚道德情操的洗礼，诗歌中所承载的优秀传统文化会帮助阅读者树立正确的人生观、世界观，完善自身人格修养、提高文化品位，打下良好的基础。

阅读拓展

YUEDU
TUO
ZHAN

本书的阅读链接

图书

1

《千家诗》
编者：刘克庄
朝代：南宋
类型：诗集

研究缩影
南宋著名词人刘克庄编辑的《千家诗》在民间流传很广，内容丰富，选取的诗歌作品类型多样而丰富，是非常有名的儿童启蒙读物。所选诗为唐宋两代的作品。

2

《全唐诗》
编者：彭定求、沈二曾等
朝代：清朝
类型：唐诗总集

研究缩影
《全唐诗》在清康熙四十五年编校完成，收诗49800万多首，作者2200余人，是自唐到清内容最丰富的唐诗总集。

3

《唐诗别裁集》
编者：沈德潜
朝代：清朝
类型：唐诗选集

研究缩影
《唐诗别裁集》于清康熙五十六年问世，由江苏苏州人沈德潜编辑而成，这部书是当时很有影响的唐诗选本，题材和风格较为丰富多彩，大致反映了唐代诗歌创作的基本面貌。

4

《古诗十九首》
编者：萧统
朝代：南朝梁
类型：五言诗集

研究缩影
南朝时梁萧统从传世的《古诗》中选录十九首编成此书，语言朴素自然，反映了当时人们的生活面貌和社会现状，影响了后世诗歌创作，具备极高的文学价值。

影像

1

《人面桃花》
导演：杨玄柴宏南
编剧：朱羽
上映时间：1995 年
主要演员：林以真、马景涛、何晴、尹宝莲

研究缩影
唐代宗年间，博陵才子崔护进京赶考，与长安郊外的哑女周桃相遇而一见倾心，周桃的父母被当权太监鱼朝恩所害，她和爷爷避难在桃花庄。崔护和哑女周桃相互爱慕，但是两人并没有表达出来，后来崔护进京考试，与哑女周桃不得不分离，最终崔护历尽苦难，和周桃终成眷属。

2

《杨贵妃》
导演：沟口健二
编剧：川口松太郎、成泽昌茂
上映时间：1955 年
主要演员：京町子、森雅之、山村聪、进藤英太郎

研究缩影
唐玄宗李隆基痛失武惠妃，整日愁眉不展而荒废朝政。于是朝臣苦心积虑为皇帝搜求美女，驻守边疆的节度使安禄山拜会杨国忠偶然结识其堂妹杨玉环，与高力士共同举荐杨玉环入宫，由此深得唐玄宗欢心。但是唐玄宗不再精心打理朝政，国内奸臣当道，而安禄山狼子野心，掀起一场叛乱，太平盛世变成了一场梦。

3

《大唐诗圣》
导演：张多福
编剧：周洪水、贺宝石、原非、艾方平
上映时间：2006 年
主要演员：吴旗、杨静、路特丹、魏华、修革、王晓、苗强、关晓雨

研究缩影
杜甫因事离家漫游，渐渐诗名为世人所知。后来和被赐金放还的李白相识于洛阳，两个人一见如故。后来家道中落，杜甫开始察觉到普通百姓的疾苦和大唐江山社稷的安危，随后在战乱中弃官西走到成都，建立了草堂。杜甫老年想要回家落叶归根，但是路途艰难，最终在一条船上病逝。

4

《我不是李白》（话剧）
导演：黄凯
编剧：白泊
首演时间：2008 年
演员：李成、程怡、郑磊、富江、王昊、任国涛

研究缩影
哥哥陷入经济纠纷的官司，弟弟李响为了帮助哥哥甘愿到精神病院装疯，称自己是诗仙“李白”。假疯子嘲笑着真疯子们各种可笑的行为，却得知了哥哥携款逃走的消息。这个晴天霹雳让李响瞬间跌入谷底，他也变成了真的疯子，这时一位好心的护士想要帮他，最后他也走出了自己的心结。

本书的文化链接

明君

唐太宗

唐太宗李世民（599—649），陇西成纪人，庙号“太宗”，谥号“文武大圣大广孝皇帝”。李世民的名字取“济世安民”之意，他是唐朝的第二位皇帝，在位 23 年，是这段历史上杰出的政治家和军事家。早年随父李渊进军长安，他率部征战天下，为唐朝统一立下汗马功劳，李渊封他为秦王、天策上将。在 626 年“玄武门之变”夺位登基后，开创了著名的“贞观之治”。他虚心纳谏，力行俭约，轻徭薄赋，使百姓休养生息，各民族融洽相处，国泰民安，对外开疆拓土，消灭东突厥与薛延陀，重创高句丽，设立安西四镇，被各族人民尊称为“天可汗”，为后来唐朝全盛时期的开元盛世奠定了重要基础。贞观二十三年（649）病逝，终年 51 岁，葬于昭陵。

唐玄宗

唐玄宗李隆基（685—762），出生于神都洛阳，是唐睿宗李旦第三子，庙号“玄宗”，又因其谥号“至道大圣大明孝皇帝”，故亦称为唐明皇。清朝为避讳康熙皇帝之名“玄烨”，多称其为唐明皇，另有尊号“开元圣文神武皇帝”。 在位 44 年，是唐朝在位时间最长的皇帝。唐隆元年（710），李隆基与太平公主联手发动“唐隆政变”诛杀韦后。先天元年（712）李旦禅位于李隆基。唐玄宗前期任用姚崇、宋璟等贤相，励精图治，他的开元盛世是唐朝的极盛之世，后期宠爱杨贵妃，怠慢朝政，宠信奸臣，加上政策失误和重用安禄山等塞外民族试图来稳定唐王朝的边疆，最终导致了后来长达八年的“安史之乱”，为唐朝中衰埋下伏笔。天宝十五年（756）太子李亨即位，尊其为太上皇。宝应元年（762）病逝，终年 78 岁，葬于泰陵。

唐宪宗

唐宪宗李纯（778—820），初名李淳，贞元二十一年（805），立为太子，改名李纯。唐代第十二位皇帝，在位 15 年，谥号“昭文章武大圣至神孝皇帝”，庙号“宪宗”。李纯即位后，把唐太宗和唐玄宗当作效仿的榜样，励精图治，重用贤良，改革弊政，取得元和削藩的巨大成果，并重振中央政府的威望，史称“元和中兴”，出现了“唐室中兴”的盛况，元和十五年（820），为宦官陈弘志（一作弘庆）等谋杀。终年 43 岁，葬于景陵。

名臣 2

魏征

魏征（580—643），字玄成，钜鹿郡（一说在今河北省巨鹿县，一说在今河北省馆陶县）人，封郑国公，谥号“文贞”。魏征是唐朝著名的政治家、思想家、史学家和文学家，唐朝建立后，经济凋敝、百废待兴，魏征力劝唐太宗李世民实行有利于国计民生的休养生息政策，明德慎罚。他直言进谏，辅佐唐太宗共同创建“贞观之治”的大业，被后人称为“一代名相”。贞观十七年（643），魏征病逝。著有《隋书》序论，《梁书》《陈书》《齐书》总论。主编有《群书治要》。

张九龄

张九龄（678—740），字子寿，一名博物，韶州曲江（今广东省韶关市）人，西汉留侯张良之后。谥文献，世称“张曲江”或“文献公”。张九龄是一位有胆识、有远见的著名政治家，忠耿尽职，秉公守则，直言敢谏，选贤任能，不徇私枉法，不趋炎附势，敢与恶势力作斗争，为“开元之治”作出了巨大贡献。张九龄还是一位诗人，他创作的五言古诗，诗风清淡，以素练质朴的语言，寄托深远的人生慨望，对扫除唐初所沿习的六朝绮靡诗风，贡献尤大。有《曲江集》。誉为“岭南第一人”。张九龄一直为后世人所崇敬、仰慕。王维、杜甫都作有颂美他的诗篇。他曾辟孟浩然为荆州府幕僚，提拔王维为右拾遗。

郭子仪

郭子仪（697—781），华州郑县（今陕西华县）人，祖籍山西太原，唐代政治家、军事家，是唐玄宗、唐肃宗、唐代宗、唐德宗四朝重臣，他戎马一生，功勋卓著。史书称他“再造王室，勋高一代”“以身为天下安危者二十年”。“安史之乱”爆发后，郭子仪任朔方节度使，在平定“安史之乱”的战争中，郭子仪指挥或参与指挥了攻克河北诸郡之战、收复两京之战、邺城之战等重大作战。广德二年（764），仆固怀恩勾结吐蕃、回纥入侵，长安失陷。郭子仪任关内副元帅，再次收复长安。永泰元年（765），吐蕃、回纥再度联兵入侵，郭子仪说服回纥退兵，并击溃吐蕃，平定河东。代宗大历十四年（779），唐德宗继位，郭子仪被调回朝廷，担任太尉、中书令，又充任皇陵使，赐号“尚父”，德宗建中二年（781），郭子仪病逝，享年85岁，追赠太师，谥号“忠武”，配飨代宗庙廷，陪葬建陵。德宗废朝五日，命群臣吊唁，又亲临安福门送葬，并违反礼制，将他的坟墓加高一丈。

孙思邈

孙思邈（581—682），京兆华原（今陕西铜川）人，唐代医药学家，被后人称为“药王”。孙思邈出生于贫穷农民家庭，十八岁立志学医，二十岁即为乡邻治病。他对古典医学有深刻的研究，对民间验方十分重视，一生致力于医学和药学研究，对内、外、妇、儿、五官、针灸各科都很精通，有二十四项成果开创了我国医药学史上的先河，特别是论述医德思想、倡导妇科、儿科、针灸穴位等都是先人未有。他编撰的《千金方》，是唐代以前医药学成就的系统总结，被誉为我国最早的一部临床医学百科全书，对后世医学的发展影响很深远。孙思邈还认为医生须以解除病人痛苦为唯一职责，用毕生精力实现了自己的道家医德思想，是我国医德思想的创始人，被西方称为“医学论之父”，与希波克拉底齐名的世界三大医德名人之一。唐高宗永淳元年（682），孙思邈无疾而终，享年 102 岁。

文人 3

吴道子

吴道子（约 680—759），唐代著名画家，画史尊称“画圣”，阳翟（今河南禹州）人。少孤贫，年轻时即有画名。曾任兖州瑕丘（今山东滋阳）县尉，不久即辞职。后流落洛阳，从事壁画创作。开元年间以善画被召入宫廷。曾跟随张旭、贺知章学习书法，后发奋改攻绘画，渐渐掌握了绘画的妙法。他擅长画人物，笔法圆转飘逸，所描绘的人物的衣带如迎风飘拂，被称为“吴带当风”。他也擅长画山水、鸟兽、草木、楼阁等，尤精于壁画创作。吴道子在绘画艺术上不落俗套，刻意求新，勇于创作，因此他的作品成为画师们学习的楷模，被称为“吴家样”。

颜真卿

颜真卿（709—784），字清臣，别号应方，京兆万年（今陕西西安）人，颜师古五世从孙、颜杲卿从弟，唐代名臣、杰出的书法家。颜真卿的书法初学褚遂良，后又得笔法于张旭，彻底摆脱了初唐的风范，创造了新的时代书风。他擅长行书和楷书，创作出“颜体”楷书，与欧阳询、柳公权、赵孟頫并称为“楷书四大家”。与柳公权并称“颜柳”，被称为“颜筋柳骨”。颜真卿的书法雄秀端庄，字形由初唐的瘦长变为方形，方中见圆，具有向心力。用笔浑厚强劲，善用中锋笔法，饶有筋骨，大气磅礴，具有盛唐的气象。他的行草书遒劲有力、结构沉着，在王派之后为行草书开一生面，被后世誉为“天下第二行书”。

嵌记链接

“诗剑”陈子昂

登幽州台歌

前不见古人，
后不见来者。
念天地之悠悠，
独怆然而涕下。

陈子昂（661—702），字伯玉，梓州射洪（今属四川）人。陈子昂是一位具有卓越见识的政治家和标举诗歌革新的杰出诗人，在初唐诗坛占有重要的地位。他的一生经历曲折多变，思想也错综复杂。

陈子昂青少年时期慷慨任侠。唐睿宗文明元年（664）中进士，上书论政得到武后重视，授麟台正字。后迁右拾遗，后世称“陈拾遗”。此时，诗人的政治热情高涨，感到实现自己政治理想的大好时机终于到来了。他多次上疏给朝廷，大胆地指斥时弊，就现实的政治、经济、边防等问题，陈述一系列政见，呼吁关心人民疾苦，反对横征暴敛，主张停息战事，反对滥刑，主张任贤信贤。武则天曾多次召见陈子昂问以政事，陈子昂也对武则天深怀感遇之恩。希望通过武则天实现自己的远大抱负，但武则天对陈子昂的意见建议只是一听而过，并不曾认真采纳，这对陈子昂来说无疑是沉重的打击，渐渐对武则天失去了信心。

武则天万岁通天元年（696），陈子昂随建安王武攸宜东征契丹，当前军失利形势危急之际，陈子昂挺身而出，自愿带领万人冲锋陷阵。然而，武攸宜不但拒绝了陈子昂的意见，而且将陈子昂降为军曹。虽然有以身报国的志愿，但却报国无门，诗人身受这样的打击，于是登上蓟北楼，想到燕昭王礼贤下士、收罗人才，尊郭隗为师，还为郭隗建立高台，台上置黄金，招聘天下贤士，乐毅、邹衍、剧辛等人纷纷前往燕国，为燕国建立了不朽功勋。与古人相对照，他感到自己生不逢时，感慨万端，写下了震撼千古的名篇《登幽州台歌》。

武则天万岁通天二年（697），陈子昂随军还朝，严酷的政治现实使陈子昂为国效命的希望彻底破灭了，他以父亲老病需要照顾为理由，辞官回乡。后被县令段简罗织罪名，逮捕下狱。武则天久视元年（700），陈子昂冤死狱中，年仅42岁。

陈子昂一生坎坷，政治上经历了恩宠、冷遇、诬陷和迫害等不同遭遇，他的思想也兼有儒家、道家、佛家思想的各种成分，但关心现实，忧国忧民的精神，则始终是他思想的主导方面，所以陈子昂的很多诗歌作品严厉地抨击了当时的政治弊端和污浊的世风，反映现实问题，言辞激烈，锋芒毕露，充满战斗精神，因此获得了“诗剑”的美誉。

“诗仙”李白

行路难

金樽清酒斗十千，玉盘珍馐直万钱。
停杯投箸不能食，拔剑四顾心茫然。
欲渡黄河冰塞川，将登太行雪满山。
闲来垂钓碧溪上，忽复乘舟梦日边。
行路难，行路难，多歧路，今安在？
长风破浪会有时，直挂云帆济沧海。

李白（701—762），字太白，号青莲居士。出生于新疆碎叶（今吉尔吉斯坦共和国境内）。李白是我国诗歌史上继屈原之后的又一伟大的浪漫主义诗人，他以其独具鲜明个性的诗篇，把我国的浪漫主义推向一个新的高峰。这与李白受道家和道教思想的影响是分不开的。

李白的思想极其复杂，他既接受儒家积极用世的思想，也接受道家追求自由、遗世独立的思想，同时爱慕扶弱抑强的游侠精神。在各家思想中，以道教思想对李白的影响最为深刻。李白从小就和道士有交往，对炼丹采药，学道求仙长久不懈地追求着。唐朝著名的道士司马承祯就称赞李白“有仙风道骨，可与神游八极之表”，这是对李白超凡脱俗的非凡气质的最高褒扬。

唐玄宗天宝元年(742),因玉真公主和与李白一同隐居的道士吴筠的推荐，李白被玄宗征召到长安。进宫那天，唐玄宗“降辇步迎，以七宝床赐食于前”，还对李白说：“卿是布衣，名为朕知，非素蓄道义，何以及此？”（李阳冰《草堂集序》）授李白翰林待诏。李白受唐玄宗如此的格外恩遇，倍感荣幸，产生了强烈的报恩思想。但因李白诗歌中批判现实内容和他放达不羁的个性，受到同僚们的讥讽，也让唐玄宗对李白有些厌倦。于是天宝三年（744）春，唐玄宗赐金，李白被迫离开了长安，再次开始了漫游生活。天宝四年（745）离开长安后的李白怀着满腔悲愤，写下了《行路难》二首，这两首诗通过诗人政治失意，试图离开官场的描写，揭露了封建统治者不重视人才的现状，同时也表现了诗人追求理想的执着精神和遭受挫折也不动摇信心的乐观态度。

在政治上遭受打击之后，李白更是对道家倾注了无比的热情，他请北海高天师授道箓，再次举行入道仪式。所以李白的诗歌中有大量的道教题材和道教意象，如《梦游天姥吟留别》，通过梦游天姥山的神奇境界，寄托了诗人的生活理想，充分表现了李白对当时社会现实的不满和蔑视封建权贵的反抗精神。

“安史之乱”爆发后，因永王李璘封地肥沃而又没有遭到战争的破坏，按玄宗的命令招兵买马，网罗人才，李白被招至幕中。但不久因李璘与肃宗争权失败，李白受牵连被流放夜郎，后行至白帝城遇赦，有诗《早发白帝城》记此事。

唐肃宗上元二年(761),大将李光弼镇守临淮，率领百万大军抵抗史朝义，招李白入幕，行至中途因病返回，投奔在当涂当县令的叔父李阳冰，次年病死。终年 61 岁。

李白既希望能够实现自己大济苍生的政治理想，也羡慕神仙的轻举飞升，希望两者都能有一个完美的结局，但现实的政治理想不能实现的时候，李白把更多的人生经历投入到道教修炼之中，并且在诗歌中有大量的反映，所以被誉为“诗仙”。

“诗圣”杜甫

闻官军收河南河北

剑外忽传收蓟北，初闻涕泪满衣裳。

却看妻子愁何在，漫卷诗书喜欲狂。

白日放歌须纵酒，青春作伴好还乡。

即从巴峡穿巫峡，便下襄阳向洛阳。

杜甫（712–770），字子美，自称少陵野老或杜陵布衣，生于河南巩县。杜甫是我国古代诗歌史上最伟大的现实主义诗人和爱国诗人。

杜甫出生于一个封建官僚家族。自幼接受儒家教育，十三世祖杜预是西晋时期的名将兼大儒，祖父杜审言是武则天时期著名的诗人，这样的家世让杜甫引以为豪，成为其毕生追求功业的动力。

杜甫三十五岁之前一直在四处漫游，其间也曾到洛阳参加科举考试，落第后继续漫游，唐玄宗天宝三年（744）结识了“赐金还山”到洛阳的李白，随同李白一起游梁宋，在宋时又遇到高适，三位名高一代的才子登高纵酒，谈论诗文，成就文学史上一段佳话。

天宝五年（746）已娶妻生子的杜甫来到长安求取功名。天宝六年（747），玄宗下诏广求天下之士，命有一技之长的人进京考试，但奸相李林甫垄断朝政，所有参加考试的人无一录取。还上表玄宗称“野无遗贤”。科举道路走不通了，于是杜甫只好去献赋和干谒权贵，但所有的努力一无所获，在长安的生活也越来越困顿。他为糊口而四处奔走，长安权贵的奢华生活激起他的不平和愤懑，曾写了《丽人行》等诗歌进行讽刺。杜甫还看到唐玄宗好大喜功，穷兵黩武的开边政策给人民带来的灾难，为此写了《兵车行》等诗。他敏锐地感觉到大唐帝国表面繁荣下所潜伏的危机。杜甫的诗歌创作也由前期的浪漫主义进入到现实主义创作中来。天宝十四年（755）四十四岁的杜甫忽然被任命为河西尉，这是一个催租捕盗、鞭挞黎民的官职，杜甫不愿意干，于是改任右卫率府胄曹参军，是个管理器杖的小官。有了官职，杜甫去接妻子来长安，在经过骊山华清池时，唐玄宗和宠妃群臣正通宵达旦饮酒作乐，回到家中幼子因冻饿而死。他满怀悲愤写下了著名的史诗《自京赴奉先县咏怀五百字》，而这时安史叛军已经攻陷洛阳逼近潼关了。

此后的十多年里，杜甫和家人一直过着漂泊的生活，其中的艰辛困苦可想而知，写下了大量记录社会重大历史事件和真实现实社会状况的，具有诗史性质的作品。代宗广德元年（763）正月，史朝义兵败自缢，安史之乱至此结束。杜甫听说这个胜利的消息后欣喜若狂，写下了充满爱国激情的诗篇《闻官军收河南河北》，表现了诗人热爱祖国、热爱家乡的深厚感情和渴望过上安定和平生活的强烈愿望。

儒家思想是杜甫思想上的主流。杜甫诗歌的显著的特点是社会现实与个人生活密切结合，个人的命运与国家人民的命运息息相关，有着丰富的社会政治内容，浓郁的时代气息。可以说，举凡朝政大事，民生疾苦，以及个人恩怨，在杜诗中都有一定的反映，通过一部杜诗，可能较清楚地看出唐王朝盛衰变化的历史轨迹。所以自唐代起，杜诗便获得了“诗史”的美称。

他汲取了仁民爱物、济世匡时的进步因素，所以不论是穷是达，在朝在野，始终积极关切时局，关心民瘼。他坚持“穷年忧黎元”的核心思想，“济时肯杀身”的一贯精神和“致君尧舜上，再使风俗淳”的最高目标，致使他能够保持旺盛的政治热情，坚韧的性格和开阔的胸怀，并能逐步地接近下层人民，正因为如此，杜甫被誉为“诗圣”。

代宗大历五年（770），杜甫寂寞地死于一叶小舟之中，终年59岁。

“诗魔”白居易

钱塘湖春行

孤山寺北贾亭西，水面初平云脚低。
几处早莺争暖树，谁家春燕啄春泥。
乱花渐欲迷人眼，浅草才能没马蹄。
最爱湖东行不足，绿杨阴里白沙堤。

白居易（772—846），字乐天，晚年自号香山居士，曾为太子少傅，故后人亦称他为白香山或白太傅。白居易是新乐府运动的倡导者，他主张“文章合为时而著，歌诗合为事而作”，是继杜甫之后杰出的现实主义诗人。

青少年时代的白居易因军阀混战避难越中（今浙江），常“衣食不充，冻馁并至”，备受流离之苦。这种生活体验，对他后来能成为一个热诚关心民生疾苦，敢于为民请命的诗人有很大影响。他目睹了统治集团和地方官吏对农民的横征暴敛，更深入地了解到下层人民的疾苦。这对丰富他的诗歌内容，推动他走上现实主义诗歌创作道路，都起了一定作用。他以诗歌为武器，反映了民间疾苦。

白居易的政治生涯和诗歌创作可以元和十年他被贬为江州(今江西九江)司马为界，分为前后两个时期。前期是“兼济天下”的时期，后期是“独善其身”的时期。前期他以天下为己任，敢于为民请命，利用诗歌配合政治斗争，写出了大量指斥有力、振聋发聩的讽谕诗。但诗人的后期，虽然在地方官任上还是兢兢业业地为人民做了些好事，但随着政治环境的险恶和个人的不幸遭遇，他把儒家的“独善其身”、道家的“知足不辱”和佛家的“四大皆空”的思想糅合在一起，力求做到“世事从今口不言”，走上了乐天知命、妥协消极的道路。诗歌创作也丧失了战斗性和光芒，大量的“闲适诗”和“感伤诗”代替了前期的“讽谕诗”。唐穆宗长庆二年（822），白居易在杭州做刺史，他喜爱西湖风景，经常到西湖游览，他自己曾说：“未能抛得杭州去，一半勾留是此湖。”《钱塘湖春行》就是作于他在杭州刺史任上。用白描的手法写出了西湖初春时节的迷人景致，流露出诗人对西湖山水无限眷恋之情。

白居易一生作诗非常刻苦，留存诗歌三千多首，辛勤的诵读和书写，竟到了口舌生疮、手指有茧的地步。他诗中有“酒狂又引诗魔发，日午悲吟到日夕”的诗句。后人便以“诗魔”称之。白居易也被称为“诗王”。

武宗会昌六年（844），白居易辞世，终年75岁。

“诗豪”刘禹锡

再游玄都观

百亩庭中半是苔，桃花净尽菜花开。

种桃道士归何处，前度刘郎今又来。

刘禹锡（772—842），字梦得，今河南洛阳人。唐代著名的唯物主义哲学家和文学家。刘禹锡诗文俱佳，涉猎题材广泛，与柳宗元并称“刘柳”，与韦应物、白居易合称“三杰”。

刘禹锡贞元九年(793年)，进士及第，初在淮南节度使杜佑幕府中任记室，为杜佑所器重，后来被擢升为监察御史。在京为官期间，刘禹锡与身为太子侍棋的王叔文以及韩愈、柳宗元等结下了深厚的友谊。贞元末年，朝廷上的政治氛围及其险恶，随着太子李诵身边的政治势力逐渐增强，朝廷内部的政治斗争日趋激烈。贞元二十年（804），太子李诵生病，而德宗也病危，一向不喜欢太子李诵的宦官集团想另外拥立皇位继承人，王伾、王叔文等联合起来，果断宣布遗诏，挫败了宦官集团的阴谋，太子抱病即位，这就是顺宗。

顺宗即位后，依靠王伾、王叔文等人的辅佐，把事先物色好的贤才安排到重要的岗位，王伾、王叔文、刘禹锡、柳宗元形成了革新集团的核心。以“二王刘柳”为核心的革新派在顺宗的支持下，对德宗时期的政治、经济、军事等方面的弊政采取了一系列改革措施。因为这次政治改革是针对宦官和藩镇的，遭到宦官和藩镇的联合反扑。因为顺宗病情没有好转，他们逼迫顺宗立李纯为太子，并于贞元二十一年（805）迫使顺宗同意让太子监国，旋即“内禅”，太子李纯即位，是为宪宗。宪宗上台第三天就开始迫害革新派人士，刘禹锡被贬为朗州司马。

宪宗元和九年（814），朝廷颁发了召回刘禹锡、柳宗元等人的诏书，回到京城后，刘禹锡同柳宗元等曾去长安玄都观赏花，刘禹锡见玄都观桃花满园，触景生情，写下了著名的《元和十年，自朗州承召至京，戏赠看花诸君子》诗：“紫陌红尘拂面来，无人不道看花回。玄都观里桃千树，尽是刘郎去后栽。”唐朝有春天赏花习俗，桃花虽然吸引人，但花品不高，以桃花喻权贵，表达了作者的轻蔑之意。而且讽刺他们是排挤自己出朝之后才被提拔起来的，这不仅激怒了权贵，也刺激了宪宗，于是刘禹锡被外放播州刺史，后改任连州刺史。

刘禹锡在连州刺史任上五年时间，后又改派夔州刺史、和州刺史，在这些偏僻荒凉的地区生活了近二十三年，直至文宗大和二年（828）刘禹锡才被再次召回朝廷。回到长安，正值春天桃花盛开，他再次来到玄都观，写下了《再游玄都观绝句》，对昔日炙手可热的政治势力的好景不长，表示了极大的蔑视，体现了刘禹锡毫不妥协的斗争精神。正由于这种精神，刘禹锡被称为“诗豪”。

武宗会昌二年（842），刘禹锡辞世，终年 71 岁。